Anna von Wall Street

Nora Assilem

Contents

Die Fundamente der globalen Wirtschaft

Der globale Finanzordnung ist ein monumentales Bauwerk, errichtet auf einem feinen Netz von Abhängigkeiten – trügerisch stabil und doch anfällig für Erschütterungen. Im Zentrum dieser Konstruktion steht der US-Dollar, Symbol der Macht der Vereinigten Staaten – eine Währung, deren Bedeutung weit über die Grenzen eines einzelnen Landes hinausreicht. Er bestimmt die Rohstoffpreise, die Kreditkosten und die Stabilität ganzer Volkswirtschaften. Er ist Maßstab für Reichtum und Verschuldung, eine Kraft, die seit Jahrzehnten die Weltordnung prägt.

Die hohen Wolkenkratzer der Wall Street wirken uneinnehmbar – ihre Fassaden aus gehärtetem Glas spiegeln das Morgenlicht und erzeugen die Illusion von Beständigkeit. In ihrem Inneren überwachen Tausende von Menschen wie Anna Senger Tag für Tag Daten und Kurven, die in

Echtzeit den Puls der Weltwirtschaft widerspiegeln. In dieser gewaltigen Maschine ist jeder nur ein Rädchen – vom Kleinanleger bis zum globalen Konzern, von lokalen Regierungen bis zu den Großmächten.
Doch was geschieht, wenn eines dieser Rädchen aus dem Takt gerät?

Jede Veränderung des Dollarkurses hallt weit über die Märkte der Welt nach und beeinflusst das Leben gewöhnlicher Menschen – vom Straßenhändler in Bangkok bis zum Investor in London. Der Dollar ist das Fundament, auf dem das internationale Finanzsystem ruht. Doch dieses Fundament, über Jahrzehnte durch Mechanismen der Stabilisierung geformt, gleicht zunehmend Federn, die bis an ihre Belastungsgrenze gespannt sind.
Ist das System wirklich so stabil, wie seine Architekten glauben machen wollen? Ein Blick auf die Finanzkrise von 2008 genügt, um zu verstehen, wie brüchig die Stabilität des globalen Systems sein kann. Damals wurden ausgerechnet die Finanzinstrumente, die Anleger schützen sollten, zum Ausgangspunkt der Katastrophe. Seine Macht gleicht dem Gleichgewicht eines Kolosses auf tönernen Füßen – unbesiegbar in seiner Stärke, doch wehrlos gegen feinste Erschütterungen. Der Dollar ist nicht nur eine Währung; er ist der Blutkreislauf der Weltwirtschaft, in dem schon die kleinste Störung den Zusammenbruch des gesamten Organismus herbeiführen kann. Im Schatten dieses Lichts erscheinen andere Währungen nur als Reflexe.

Der Moment ist gekommen, in dem die Spannung im System ein kritisches Niveau erreicht hat. Unter der Oberfläche der Finanzdaten – Charts, Prognosen und Berichte – verbergen sich beunruhigende Anomalien. Sie sind so subtil wie unsichtbare Risse auf einer glatten Eisschicht – von den meisten ignoriert, doch Vorboten einer kommenden Katastrophe. Nichts scheint auf den ersten Blick bedrohlich, doch der aufmerksame Beobachter erkennt, wie sich die Spannung unter der Oberfläche aufbaut. Sie gleicht dem lautlosen Zittern der Erde vor einem Beben – eine Warnung für jene, die wissen, wo sie hinschauen müssen.

Wie lange hält das System stand, bevor ein einziger Funke – ein unvorhergesehenes Ereignis oder eine gezielte Manipulation – eine Kettenreaktion auslöst?

Wall Street, London, Tokio, Warschau, Singapur. Jede dieser Metropolen ist ein Knoten im globalen Kapitalnetz, und jede Erschütterung an einem Punkt überträgt sich auf die anderen. Das globale Finanzsystem gleicht einem Uhrwerk, dessen Zahnräder kaum noch mit der wachsenden Spannung Schritt halten. Je waghalsiger die Spekulationen, je höher die Schuldenberge, desto stärker wird der Dominoeffekt.

Wenn dieser Tag kommt – und niemand weiß, ob es ein langsames Abrutschen oder ein plötzlicher Schock sein wird – wird die Welt aufs Neue erfahren, wie zerbrechlich dic Struktur dcr globalcn Wirtschaft ist. Jeder Bank, jeder Staat, jedes Unternehmen wird sich den unerbittlichen

Kräften der Ökonomie beugen, sobald ein einziges Glied der Kette versagt.
Die Frage lautet nicht OB, sondern WANN. Schon der kleinste Impuls an irgendeinem Punkt der Welt kann eine unvorhersehbare Reaktion hervorrufen und die Illusion von Stabilität und Sicherheit zerschmettern.

Das System ist wie ein filigran gesponnenes Netz, in dem selbst die kleinste Erschütterung alle Knoten in Bewegung setzt und unabsehbare Folgen auslöst. Jeder, der die Finanzmärkte lange genug beobachtet hat, wusste, dass die Ruhe nur die Stille vor dem Sturm ist.
Wie viel Zeit bleibt noch, bevor sich die Illusion der Sicherheit in brutale Realität verwandelt?

1

Der Beginn des Spiels

Der Morgen in New York traf den Menschen wie eine Welle – ohne Vorwarnung. Die Stadt schien in einem Rhythmus zu atmen, der Gehorsam erzwang und jeden verschlang, der versuchte, innezuhalten. Das Klappern der Schritte mischte sich mit dem melodischen Hupen der Autos, und der Duft frisch gebackener Bagels lag in der Luft, eine schwer fassbare Mischung.

Aus der Ferne war das monotone Rattern der U-Bahn-Waggons zu hören. All das formte eine besondere Kulisse dieser Stadt, die scheinbar niemals schlief. In dieser Szenerie konnte Anna zugleich die Nähe der Menschen spüren – und ihre Einsamkeit. Gefühle, die New York in jedem Ankömmling hervorrief.

Der Straßenverkehr beschleunigte sich mit jeder Minute, und das Stimmengewirr hinter dem Fenster füllte den

Raum mit der lebendigen Energie einer Stadt, die niemals schlief. Dünne Sonnenstrahlen drangen durch die Spalten der Vorhänge, fielen auf die Wände der Wohnung, beleuchteten das Bücherregal und die zarte Form einer Tasse auf der Küchenarbeitsplatte.

Anna stand am Fenster des kleinen, aber gemütlichen Wohnzimmers ihrer Brooklyn-Wohnung. Der Raum war mit Liebe zum Detail eingerichtet – einige Bücher über globale Finanzmärkte lagen im Regal neben einem schwarz-weißen Foto aus ihrer Kindheit am Genfersee. Die Bücher waren ihre Karten – Wegweiser durch die Welt der Finanzen, aber auch Zuflucht. Jedes erzählte eine Geschichte über ihre Ambitionen und ihr Verlangen, das zu verstehen, was die meisten Menschen lieber ignorierten. Daneben, fast verborgen, standen ihre gebundene Masterarbeit in Wirtschaftswissenschaften und das Diplom der London School of Economics – ihr offizieller Pass in die Welt der Finanzen. Nur wenige wussten von einem zweiten, ebenso renommierten Diplom, tief in einer Schublade versteckt: Kriminologie an der Universität Lausanne.

Seit eineinhalb Jahren lebte sie hier. Das Apartment war zwar klein, aber funktional und sorgfältig eingerichtet – moderner Minimalismus, mit Blick auf Manhattan. Sie brauchte keinen übermäßigen Luxus. Wichtiger war ihr die Nähe zur Arbeit und ein Raum, in dem sie sich auf Analysen konzentrieren und vom Chaos der Stadt abschalten konnte. In der einen Hand hielt sie eine Tasse Kaffee, mit der anderen lehnte sie sich an das Fensterbrett. Ihr

Blick schweifte über die Skyline – Dächer, Straßenlärm und in der Ferne die aus dem Nebel ragenden Wolkenkratzer Manhattans. Ihre Augen wanderten, doch ihre Gedanken kreisten um Dinge, die nichts mit der Landschaft zu tun hatten.

New York – eine Stadt, die keine Ruhe kannte. Jeder Tag war hier eine Herausforderung. Sie atmete tief ein, den feinen Kaffeeduft in der Luft spürend. „*Das ist mein Leben*", dachte sie stolz, während sie auf das im Morgendunst verschwommene Manhattan blickte.

Die Erinnerungen an ihre Kindheit in Versoix – am stillen Genfersee, wo das Wasser so ruhig war, dass es jede Regung des Himmels widerspiegelte – schienen nun irreal. Sie waren wie eine Postkarte aus einer anderen Welt, die nicht mehr existierte. Die Welt, für die sie sich entschieden hatte, verlangte eine andere Schärfe.

Ihr schneller Aufstieg in der IFRA – der Internationalen Behörde für Finanzrisiken – war kein Zufall. Die Verbindung von fundierter quantitativer Finanzanalyse mit einem fast detektivischen Gespür für Anomalien, Widersprüche und verborgene Verbindungen schuf ihr einzigartiges Profil. Sie konnte riesige Datensätze mit der Geschwindigkeit eines Computers verarbeiten, doch ihr wahres Talent lag darin, in ihnen Geschichten zu sehen – menschliche Ambitionen, Fehler, Versuche von Betrug oder Verschleierung. Deshalb vertraute man ihr die Überwachung der größten globalen Risiken an.

Während sie die moderne Skyline von New York betrachtete, fluteten Erinnerungen in Annas Gedanken. Ihr Vater, Markus Senger, saß auf der Terrasse ihres Hauses, eine Tasse weißen Tees in der Hand. Seine Stimme war tief, ruhig, aber mit einem Autoritätston, der Respekt hervorrief.

„Mein Mädchen, der Markt ist kein Zufall – er ist ein Labyrinth aus Einflüssen und Entscheidungen. Ihn zu verstehen, verlangt mehr als nur Zahlen. Erinnerst du dich, wie ich die Ölkrise vorausgesagt habe? Das haben mir nicht die Zahlen verraten, sondern die Analyse der Bewegungen der Politiker im Hintergrund. Schaue immer hinter den Vorhang der Daten, Anna. Wenn du lernst, zwischen den Zeilen zu lesen, wirst du verstehen, wer die Fäden zieht."

Markus war nicht der Typ Mensch, der Details übersah. Seine Besessenheit von Datenanalyse, sein Gespür für Veränderungen an den Finanzmärkten und seine Fähigkeit, Trends vorherzusehen, waren für Anna eine Inspiration. Oft saßen sie abends zusammen und diskutierten die Ereignisse der Welt – von Währungskursen bis zu politischen Entscheidungen.

Doch nicht alle in der Familie teilten seine Leidenschaft. Großmutter Tamara tauchte oft in diesen Momenten auf der Terrasse auf, schüttelte mit gespielter Missbilligung den Kopf.

„Markus, lass das Kind doch mal aufatmen von all deinen Diagrammen und Zahlen! Anna, das Leben besteht nicht nur aus Zahlen und Strategien, denk daran. Lerne zu atmen, mein Kind, denn der Atem ist es, der uns Klarheit schenkt und uns ruhig handeln lässt."

Großmutter Tamara hatte etwas Besonderes – Wärme und Ruhe, die im Kontrast zu Markus' Intensität standen. Sie liebte Meditation, und Anna erinnerte sich, wie sie an Sommernachmittagen gemeinsam auf dem Holzsteg am Genfersee saßen und die stille Wasseroberfläche beobachteten.

Ihr Großvater, Antoni Senger, brachte noch eine weitere Facette in ihre analytische Sichtweise. Er war Pragmatiker, der sie lehrte, in den Menschen nicht nur ihre Entscheidungen, sondern auch ihre Motive zu sehen.

„Menschen handeln aus Beweggründen, die oft nichts mit Logik zu tun haben", pflegte er zu sagen. „Lerne, das zu erkennen, und du wirst die wahre Kraft der Finanzen begreifen."

Finanzen und Logik waren eindeutig das Familienerbe – eine Leidenschaft, die in ihrem Blut floss.

Plötzlich heulte laut die Sirene eines Polizeiwagens, Anna kehrte in Gedanken in die Gegenwart zurück. Ihr Blick glitt zu den Wolkenkratzern der Wall Street, die wie kalte, stählerne Festungen wirkten, in denen in Wahrheit Entscheidungen von globaler Tragweite getroffen wurden. Der Ort, an dem sie arbeitete, war eines dieser Büros – ein Zentrum, in dem Daten eine Waffe waren und Entscheidungen reale Folgen für Millionen Menschen hatten.

Ihr Telefon vibrierte auf dem Tisch, unterbrach die Stille des Morgens. Auf dem Bildschirm erschien eine Nachricht ihres Vorgesetzten – lakonisch, emotionslos, wie die meisten Anweisungen aus der Konzernwelt. Und doch war an diesem Tag etwas anders. Die Luft schien schwerer, als trüge sie eine unsichtbare Ladung. Die Lichter Manhattans, sonst sicher und unveränderlich, flackerten kaum merklich, als wollten sie die Spannung verraten, die irgendwo im Schatten dieser Stadt wuchs. Etwas lag in der Luft – etwas, das auf seinen Moment wartete, um zuzuschlagen.

Anna stellte die Tasse auf die Küchenplatte, warf sich mit einer schnellen Bewegung den Mantel über und schlang die Tasche über die Schulter. Noch einmal blickte sie in Richtung Manhattan. Sie spürte eine Mischung aus Aufregung und Unruhe. Sie überschritt die Schwelle ihrer Wohnung, der kühle Hauch der Morgenluft umfing sie. Als sie die Treppen hinunterstieg, pochten die Gedanken an die Wall Street und die kommenden Herausforderungen in ihrem Kopf. Mit jeder Sekunde stieg die Adrenalinflut. Sie wusste, dass jeder Tag etwas bringen konnte, das alles verändern würde.

Erste Schritte

New York, Annas Büro in Lower Manhattan

Anna betrat das Gebäude, in dem sie arbeitete, mit entschlossenen Schritten und durchquerte die belebte Lobby voller Analysten, Broker und anderer Beschäftigter der Finanzwelt. In der Luft lag eine Mischung aus Kaffee,

Papier und dem leichten Duft frischer Luft, die durch die sich automatisch öffnenden Türen hereinströmte.

Die Atmosphäre im Büro war angespannt. Jedes Tastaturklicken, jedes gedämpfte Flüstern und das Klacken der Absätze schienen den Rhythmus dieses Ortes zu formen – schnell, gnadenlos, zum Handeln zwingend. Als Anna die Etage der Abteilung für Finanzrisiken betrat, spürte sie, wie der Luftdruck sie beinahe erdrückte. Hier hatte die Zeit den Wert von Millionen Dollar.

Ihr Schreibtisch stand in einem kleinen verglasten Büro, nahe eines großen Fensters, das den Blick auf das pulsierende Herz New Yorks freigab. Anna legte den Mantel über die Stuhllehne, öffnete den Laptop und meldete sich im System an. Mit routinierter Handbewegung aktivierte sie ihre täglichen Werkzeuge – Charts, Marktdaten, Börsenberichte – und überflog gleichzeitig die kurze Zusammenfassung des Overnight-Marktes. Das war der grundlegende Mechanismus der Finanzwelt, wie das Blut, das durch die Adern des Systems floss, bevor die großen Börsen öffneten. Üblicherweise waren seine Schwankungen nur ein feines, wenn auch spürbares Hintergrundrauschen. Die Kurven tanzten in Echtzeit, als würde jemand hinter den Kulissen an den Fäden ziehen.

Die Linien des Dollarkurses schwankten mit einer Präzision, die fast unmenschlich wirkte – heftige Abstürze während der asiatischen Handelsstunden, nur um sich kurz darauf wieder aufzuschwingen.

Doch es waren nicht die Werte selbst, die Annas Unruhe weckten – es war die Regelmäßigkeit, mit der sich diese Veränderungen wiederholten. Sie erinnerten an einen künstlichen Puls, einen unorganischen Atem des Marktes, in dem selbst die nächtlichen Übernachtkredite zwischen gigantischen Banken – milliardenschwere Kurzzeittransaktionen, die ihre Liquidität für den kommenden Tag sichern sollten – normalerweise nur chaotische, kleine Zuckungen erzeugten. Diese Regelmäßigkeit jedoch, die Anna beobachtete, war steril. Fremd.

Sie kniff die Augen zusammen, als sie die Dollarkurve betrachtete, die seit dem gestrigen Abend eine seltsame, beunruhigende Systematik zeigte.

Beim genaueren Hinsehen entdeckte sie, dass viele der Transaktionen mit Firmen verbunden waren, die an den Rändern der globalen Märkte agierten – in Regionen, die offiziell wegen Sanktionen vom Dollar abgeschnitten waren. Doch die Zahlen erzählten eine andere Geschichte.

Sie beugte sich näher zum Monitor, ganz auf die Details konzentriert. Während sie die Zyklen der Schwankungen in ihr Notizbuch übertrug, wuchs in ihr die Überzeugung, dass hier jemand gezielt den Markt manipulierte.

Das Büro um sie herum pulsierte vor Aktivität, doch Anna war vollkommen in die Daten versunken.

Jede Farbe und jeder Wert auf dem Bildschirm sagten ihr mehr, als man einem Bericht entnehmen konnte. Sie begann, die Handelszeiten Asiens und Europas zu vergleichen, um Schlüsse zu ziehen.

In einem der Reports stieß sie auf eine Anmerkung zu alternativen Währungen, die in Transaktionen mit russischen Firmen aufgetaucht waren. Kryptowährungen, der chinesische Yuan – all das schien im Kontext der Sanktionen naheliegend.

Doch je tiefer sie in die Daten eintauchte, desto klarer wurde ihr, dass es nicht nur ein Effekt der Sanktionen war. In Analysen von vor einigen Monaten – inzwischen fast vergessen – waren Hinweise aufgetaucht, dass die BRICS-Staaten ein neues Abrechnungssystem testeten, basierend auf dem digitalen Yuan und nationalen Währungen, unter Umgehung des Dollars.

Ölgeschäfte zwischen Iran und China, die zuvor in Dollar abgerechnet worden waren, liefen plötzlich über DCEP – die experimentelle chinesische Digitalwährung, eines der weltweit fortschrittlichsten Beispiele einer digitalen Zentralbankwährung – und Brasilien testete Zahlungen mit Indien in Rupien.

Am meisten beunruhigten sie jedoch Konten von Firmen mit Sitz in Hongkong, die laut offiziellen Daten inaktiv waren – und dennoch kleine, aber regelmäßige Warentransaktionen durchführten. Und das nicht in Dollar, sondern über sogenannte *Bridge Currencies*, also Währungspaare, die einen direkten Austausch unter Umgehung des Dollars ermöglichten. Es fühlte sich an, als blicke sie nicht auf Zufall, sondern auf ein Teilstück eines größeren Arrangements – als würde außerhalb der Reichweite von SWIFT eine neue Zahlungsinfrastruktur erprobt.

Doch eines passte nicht. Die Transaktionen waren zu regelmäßig, zu präzise mit den Bewegungen des Dollars synchronisiert.

Sie notierte ihre Beobachtungen.

Es war wie ein Schachspiel – eine Figur war soeben gezogen worden, und sie musste verstehen, welcher Zug als Nächstes folgen würde.

In seinem Büro, nur wenige Meter entfernt, saß Lucas Grant, der Leiter des Teams und einer der wenigen Menschen, denen Anna vertraute. Seine Gelassenheit und Präzision waren in der Branche gut bekannt, sein analytischer Blick hatte schon mehrfach Kunden vor schweren Verlusten bewahrt. Anna erhob sich, die Notizen in der Hand, und trat an seinen Schreibtisch.

– Lucas, kannst du dir etwas ansehen?

Ihre Stimme klang neutral, doch innerlich fühlte sie die Spannung. Lucas hob den Blick vom Bildschirm und zog die Augenbrauen hoch. Sie reichte ihm das Blatt mit den Diagrammen, und er rückte näher, um die Daten zu studieren.

– Siehst du diese Zyklen? Jemand provoziert kontrollierte Schwankungen des Dollarkurses in Stunden, in denen die Märkte weniger aktiv sind. Das sieht nach gezielter Manipulation aus – sagte sie leise und bemühte sich, keine Aufmerksamkeit der anderen Mitarbeiter auf sich zu ziehen.

Lucas schwieg einen Moment und starrte auf die Daten. Schließlich lehnte er sich vom Monitor zurück und sah sie ernst an.

– Das ist wohl keine einfache Anomalie. Seit einigen Tagen melden die Teams in Tokio und Singapur unregelmäßige Kapitalflüsse im Rohstoffhandel – hauptsächlich Öl, LNG, Metalle. Niemand war jedoch in der Lage, diese Signale mit den Bewegungen des Dollars zu verknüpfen.

Dein Chart ist der erste konkrete Ansatzpunkt, der auf eine Synchronisierung hindeutet.

– Wenn das stimmt, baut hier jemand etwas im globalen Maßstab auf. Aber solche Dinge haben ihren Preis. Bevor wir weitere Schritte unternehmen, musst du sicherstellen, dass es kein Fehler ist. Sieh dir das genauer an.

Anna kehrte an ihren Schreibtisch zurück, und ihre Gedanken kreisten um Lucass Worte.

Sie öffnete weitere Dateien und vertiefte sich mit noch größerer Aufmerksamkeit in die Daten. Jede Transaktion, jeder Wert. Die Zahlen begannen, sich zu einem Bild zu fügen – einem Netz von Transaktionen, das auf ein einziges, nahezu unmögliches Ziel hindeutete: die Destabilisierung des Dollarmarktes. Aber wer steckte dahinter? Und warum?

Einen Moment hielt sie inne, den Blick auf den Bildschirm gerichtet. Die Worte ihres Vaters hallten wie ein Echo:

– Der Markt sind nicht nur Zahlen. Er ist die Resultante von Interessen, Risiken und Entscheidungen, die im Schatten getroffen werden.

Sie hatte das Gefühl, in diesen Schatten zu blicken, ohne das ganze Bild schon zu erkennen.

In einem der Dokumente bemerkte sie etwas – Transaktionen, die von anonymen Konten stammten und in unterschiedlichen Zeitzonen operierten. Ihr Handlungsmuster deutete auf eine Koordination im globalen Maßstab hin.

Anna spürte, wie die Anspannung ihre Kehle zuschnürte. Ihr Blick irrte über den Bildschirm, während die Gedanken in einem chaotischen Strudel rasten. Etwas stimmte hier nicht. Die Zahlen schienen ihr zuzuflüstern – als wollten sie andeuten, dass sie Zeugin von etwas Größerem war, das sie noch nicht begreifen konnte. Ihr Herz schlug schneller, als sie die Hand zur Maus schob, bereit, die nächsten Dokumente zu öffnen.

Da spürte sie Kälte. Nicht körperlich, sondern eine, die von innen kam und ihren Geist mit Unruhe füllte.

Ist es möglich, dass genau hier alles beginnt? dachte sie und starrte auf den Bildschirm. Jeder Impuls in den Charts schien den kommenden Sturm zu schreien. Ein Blitzgedanke an ihren Vater huschte durch ihren Kopf:

– Mein Mädchen, in dieser Welt liegt die Wahrheit nie offen zutage. Was du siehst, ist nur eine Maske.

Sie war sich nicht sicher, woher dieses Gefühl kam, doch eines wusste sie: Diese Daten waren nicht zufällig. Und ihre Bedeutung konnte ebenso gut das Ende sein wie der Beginn von etwas völlig Neuem.

Schatten der Finanzen

Am nächsten Tag strich Anna mit der Hand über die Tastatur und konnte den Blick nur schwer vom Bildschirm lösen. Zahlen und Diagramme schienen zu pulsieren. Das Klicken der Tastaturen und das Murmeln der Kollegen bildeten eine chaotische Symphonie, die sich zu einem einzigen, unruhigen Rhythmus verband. Sie spürte, wie jeder Ton sich in ihr Bewusstsein bohrte – als Erinnerung daran, dass jede Entdeckung eine Lawine auslösen konnte.

Ein plötzliches Benachrichtigungssignal riss sie aus den Gedanken. Eine Nachricht von Lucas:

– Anna, kommen Sie bitte einen Moment in mein Büro.

Sie schnappte sich Notizbuch und Ausdrucke und machte sich auf den Weg zum Besprechungsraum. Der Marmorboden warf ihre Schritte wider, und die Welt hinter den Glaswänden des Büros wirkte fern und unwirklich.

Lucas' Büro erinnerte an die Festung eines Analytikers – schlicht, aber gezeichnet von Jahren intensiver Arbeit. Der hölzerne Schreibtisch, voller kleiner Kerben und Kratzer, war Zeuge unzähliger Gespräche, Kalkulationen und Entscheidungen, die den Lauf der Märkte verändern konnten. In den Regalen stapelten sich Ordner und Bücher – jedes davon gefüllt mit Ziffern und Daten, die den Blutkreislauf der Weltwirtschaft bildeten. Durch das große Fenster fiel Licht und warf lange Schatten auf den Boden.

Lucas stand am Schreibtisch und beendete gerade ein Telefonat, doch er war es nicht, der Annas Aufmerksamkeit fesselte.

Am Tisch saß ein Mann, der eine kühle Autorität ausstrahlte. Sein Anzug – mit der Präzision eines Künstlers geschneidert – sprach nicht nur von Status; er wirkte, als sei jeder Faden mit Bedacht gewählt.

Anna spürte, wie sich ihr Magen zusammenzog, als Daniel den Blick zu ihr wandte. Etwas an diesem Blick war unnatürlich durchdringend – als wüsste der Mann mehr über ihre Gedanken, als sie preisgeben wollte.

Die schlichte, doch teure Uhr an seinem Handgelenk – kostspieliger als das Jahresgehalt der meisten Menschen – glitzerte unauffällig im einfallenden Licht. Anna fiel auf, dass selbst seine Haltung – leicht nach vorn geneigt, die Hände in nachdenklicher Geste gefaltet – jemanden verriet, der keine Zufälle gelten ließ. In seinem Blick lag etwas, das ihr die Eingeweide gefrieren ließ, obwohl er ihre Gedanken nicht kennen konnte.

– Anna, das ist Daniel Wirth – begann Lucas und deutete auf den Mann.
– Daniel vertritt den Fonds zur Finanzstabilisierung und wurde über deine Schlussfolgerungen sowie die wichtigsten Beobachtungen informiert. Man hält sie für eine weitergehende Analyse wert.

Anna nickte, obwohl die Unruhe in ihr wuchs. Der FSF – eine Institution, die sie bislang nur in der Theorie kannte. Offiziell überwachten sie die globalen Märkte, um Krisen zu verhindern. In der Praxis umgab ihr Handeln eine Aura des Geheimnisses.

– Frau Senger – setzte Daniel an, und seine Stimme durchschnitt die Luft wie die Klinge eines Skalpells – präzise, kalt, beinahe hypnotisch.

– Ihre Beobachtungen sind ... interessant.

Er machte eine kurze Pause, als wolle er ihr bewusst Zeit geben, das Gewicht seiner Worte zu spüren.

– Sie wissen: In unserer Welt sind außergewöhnliche Dinge selten zufällig.

Anna fühlte, wie sein Blick ihre Schutzmauer durchdrang und sie zwang, die tiefsten Gedanken zu entblößen. Warum sah er sie so an? Als kenne er die Antworten, bevor sie sie aussprach.

– Könnten Sie schildern, wie Sie zu diesen Schlüssen gelangt sind? – fuhr er fort, mit einem Tonfall, der andeutete, dass jedes ihrer Worte gewogen und analysiert würde.

Anna holte tief Luft; die Luft schien schwerer zu werden. Ihre Stimme klang ruhig, verriet aber die innere Spannung, als sie die Regelmäßigkeit der Dollarbewegungen, die koordinierten Transaktionen und die beunruhigenden Zyklen beschrieb. Jedes Wort war wie ein weiterer Zug in einer Schachpartie – sie musste vorsichtig sein, im Wissen, dass jedes Stolpern gegen sie verwendet werden konnte.

In ihrem Kopf hallten noch die Worte ihres Vaters:

– Der Markt ist ein Theater. Wenn du das Stück siehst, suche den Regisseur.

Ihr Herz schlug schneller, als sie sah, wie Daniel jedes ihrer Worte aufmerksam abwog.

– Das ist außergewöhnlich – sagte er schließlich und lehnte sich im Stuhl zurück. Sein Blick glitt zu Lucas, als verstünden beide etwas, das Anna noch nicht wusste. – Solche Vorgänge erfordern Ressourcen und eine Koordination auf einem Niveau, das die Möglichkeiten einzelner Akteure übersteigt. Haben Sie einen Verdacht, wer dahinterstecken könnte?

Anna zögerte; anonyme Konten und seltsame Transaktionen schossen ihr durch den Sinn.

– Noch nicht – erwiderte sie schließlich und versuchte, die Unsicherheit zu verbergen.

Daniel nickte, als hätte er diese Antwort erwartet. Schwungvoll zog er eine Visitenkarte hervor. Die Karte, glatt und kühl, fühlte sich an wie ein Schlüssel zu einer Welt, deren Tor er gerade einen Spalt für sie öffnete. Die geprägten Lettern schimmerten im Licht, und das Logo des Fonds zur Finanzstabilisierung strahlte einen Autoritätsanspruch aus, der erdrückend wirkte.

– Denken Sie daran, Frau Senger – in unserer Welt ist die Wahrheit mitunter gefährlicher als die Lüge. Wenn Ihnen etwas ... Ungewöhnliches auffällt, informieren Sie mich unverzüglich.

Die Visitenkarte wog schwerer, als es den Anschein hatte. Anna spürte ein leichtes Zittern in den Fingern, als sie sie entgegennahm.

– Danke, Anna – sagte Lucas, als Daniel aufstand und mit kühler Präzision seine Manschetten richtete. Seine Bewegungen waren langsam, beinahe rituell, und der Blick, den er Lucas zuwarf, trug etwas in sich, das Anna nicht deuten konnte. Warnung? Dank?

– Wir müssen vorsichtig sein – sagte er, an Lucas und Anna zugleich gerichtet.

– Niemand darf wissen, dass wir daran arbeiten.

Als sich die Tür hinter ihm mit einem leisen Klicken schloss, spürte Anna, wie ihr Herz rasend schnell schlug. Lucas sah sie an, schwieg jedoch. Es war nicht nötig, etwas zu sagen.

Als sie das Büro verließ, fühlte sie sich von der Spannung bedrückt. Daniels Visitenkarte schien in ihrer Hand zu brennen, und seine Worte über die „falschen Personen" hallten in ihrem Kopf nach. Das Spiel hatte gerade begonnen – und sie stand mitten darin.

Anna kehrte an ihren Schreibtisch zurück. Die Luft schien von Elektrizität gesättigt – kaum wahrnehmbar, aber spürbar in jedem Tastaturanschlag und jedem gedämpften Flüstern um sie herum. Was gestern noch der alltägliche Arbeitslärm gewesen war, wirkte heute wie von einer unsichtbaren Kraft geordnet – und das war alles andere als tröstlich.

Kühles Neonlicht durchschnitt das Halbdunkel, spiegelte sich auf dem Bildschirm ihres Laptops. In dieser kargen Szenerie schien jede Bewegung mehr Bedeutung zu tragen, und gewöhnliche Mausklicks klangen wie fernes Echo von Warnungen.

Gewöhnliche Daten, die vor wenigen Tagen nur ein weiterer Transaktionssatz gewesen waren, verrieten nun mehr. Muster, die ihr bisher entgangen waren, begannen Gestalt anzunehmen. Die Dollarkurve – hypnotisch in ihrer Regelmäßigkeit – war zu präzise, um Zufall zu sein.

Sie öffnete weitere Tabellen; ihre Finger tanzten über die Tastatur, als wollten sie ihren Gedanken voraus sein. Zahlenreihen bauten sich mit eisiger Präzision auf dem Bildschirm auf, und Anna spürte, wie sich jeder neue Datensatz in ihr Bewusstsein bohrte – wie Teile eines Puzzles, das niemand zusammensetzen sollte. Ihr Blick glitt über den Bildschirm, fing Transaktionszeiten, Konto-IDs, kleine Anomalien auf – alles fügte sich zu einem Mosaik, das weniger ein Bild als eine Warnung war. Das waren keine gewöhnlichen Fluktuationen – das war die mathematische Poesie des Chaos, verborgen vor denen, die nicht wussten, wohin sie sehen sollten. Und Anna sah. Je länger sie analysierte, desto klarer wurde: Jemand manipulierte den Markt. Anonyme Konten, aktiv zu seltsamen Zeiten und über exotische Zwischenstellen – sie begannen, sich zu einem Netz zu verbinden.

Mitten im Datendickicht blieb ihr Blick plötzlich hängen. Ein Konto in Hongkong – laut Registern seit über einem Jahr geschlossen, und doch pulsierend vor Aktivität wie ein schlafender Vulkan, der unvermittelt erwacht. Transaktionen, eine nach der anderen, alle punktgenau um drei

Uhr morgens – beunruhigend präzise. Jeder Wert schien zu schreien, dass dies das Werk einer unsichtbaren Hand war. Sie hielt inne und starrte auf den Bildschirm. Für sie war es ein Puzzle – das fehlende Teil, das endlich zu passen begann. Sie atmete tief durch und notierte ihre Beobachtungen.

Plötzlich klingelte das Telefon. Ohne den Blick vom Bildschirm zu lösen, griff sie zum Hörer.

– Senger – sagte sie mechanisch.

– Anna, kannst du noch einmal in mein Büro kommen? – Lucas' Stimme war ruhig, aber eine Spur Anspannung entging ihr nicht.

– Ich habe hier jemanden, den ich dir vorstellen möchte.

Anna ging den Flur entlang. Jeder Schritt hallte auf dem Marmorboden wider, als spürte auch die Architektur die plötzlich aufgekommene Spannung. Als sie Lucas' Büro betrat, fiel ihr Blick sofort auf einen jungen Mann am Konferenztisch. Er wirkte konzentriert, nahezu regungslos, die Augen auf einen Laptop gerichtet. Seine Art, sich zu bewegen, verriet jemanden, der seit Langem unter Druck arbeitet.

– Anna, das ist Alex Weber – sagte Lucas und deutete auf den Mann, der sofort aufsah, aufstand und ihr die Hand entgegenstreckte.

– Ein Spezialist für Finanzanalysen und Cybersicherheit. Daniel vertraut ihm vollkommen. Alex wird mit uns zusammenarbeiten, um die Details dessen zu entschlüsseln, was du entdeckt hast.

Alex drückte ihre Hand entschieden, aber respektvoll.

– Freut mich, Frau Senger – sagte er kurz, ohne unnötige Förmlichkeit.

– Ich habe mir die Vorabdaten, die Sie aufbereitet haben, bereits angesehen. Das sind keine zufälligen Transaktionen. Bots, präzises Timing – alles deutet auf ein geplantes Vorgehen hin. Wir vermuten eine große Firma dahinter. Daniel hält es für möglich, dass es ein wirklich mächtiger Spieler ist, aber noch fehlt der Beweis.

Anna nickte, setzte sich neben Alex und blickte auf seinen Bildschirm. Sie erlaubte sich ein schwaches Lächeln.

– Hongkong? – fragte sie knapp.

Alex nickte.

– Ja. Konto offiziell geschlossen, aber weiterhin aktiv. Die Transaktionen kommen punktgenau um drei Uhr morgens. Sie laufen über Zwischenstellen – das spricht für sehr hohe technische und logistische Kompetenz. Und noch etwas habe ich heute gesehen: Seit zwei Tagen steigt der Verkauf US-amerikanischer Staatsanleihen deutlich an. Vor allem China, aber Japan ist heute Morgen dazugekommen. Die Renditen schießen in einem beispiellosen Tempo nach oben.

Anna spürte, wie sich ihr Magen verkrampfte. Die Daten aus der Morgenanalyse kamen ihr in den Sinn.

– Die Fed hat die Zinsen zu lange hoch gehalten, um die Inflation zu bekämpfen. Das könnte einen *Bond Crush* ausgelöst haben – sagte sie langsam, während sie Alex' Zahlen durchging. – Einen abrupten Kollaps des Anleihemarktes. Die Märkte verlieren das Vertrauen in den Dollar.

Lucas deutete plötzlich auf den großen Bildschirm an der Wand.

– Hört euch das an – unterbrach er und schaltete eine Bloomberg-Übertragung ein.

Auf dem Bildschirm erschien das Gesicht von Professor Kenji Yamamoto. Ein Schauder lief Anna über den Rück-en. Yamamoto war eine der bedeutendsten Figuren der Finanzwelt – ein anerkannter Autorität, der globale Verw-erfungen seit Jahren treffsicher vorausgesagt hatte.

Der Professor saß in einem großzügigen Büro mit Blick über die Skyline Tokios. Hinter ihm ragten hohe Regale voller Bücher und Wirtschaftsberichte. Schlank, in einen perfekt sitzenden dunkelgrauen Anzug gekleidet, strahlte Yamamoto eine Ruhe aus, die im Kontrast zur Ern-sthaftigkeit seiner Warnung stand. Kurzes, ergrautes Haar, eine Brille mit feiner Fassung – und jedes Wort sprach er langsam und mit Bedacht, als wolle er sicherstellen, dass jeder ihn verstand.

Yamamoto war Professor für internationale Ökonomie an der Universität Tokio – berühmt für Analysen, die ihrer Zeit voraus waren und früh vor globalen Finanzgefahren warnten. Seine Arbeiten, in den renommiertesten Fachzeitschriften veröffentlicht und von den größten Agenturen zitiert, hatten ihm den Ruf eines Visionärs eingebracht.

Doch nicht nur die Treffgenauigkeit seiner Prognosen zeichnete ihn aus, sondern die Art, wie er seine Analysen präsentierte. Sein Ton war stets ruhig und sachlich – und weckte doch Respekt und Unruhe zugleich. Jetzt, da er über den Dollar sprach, klang jeder Satz wie eine Warnung, die man nicht ignorieren durfte.

– Die Weltwirtschaft ist heute fragiler als je zuvor – begann Yamamoto und blickte direkt in die Kamera. – Seit Monaten beobachten wir eine gefährliche Politik der Zentralbanken. Der Versuch, die Inflation mit hohen Zinsen zu besiegen, birgt enorme Risiken. Das ist ein Balanceakt am Abgrund, und der Preis dafür könnte die Stabilität des gesamten globalen Finanzsystems sein.

Anna konnte den Blick nicht vom Bildschirm lösen. Jedes Wort Yamamotos resonierte mit den Daten, die sie gerade analysiert hatte. Alex lehnte sich zurück, als wolle er eine physische Barriere zwischen sich und der Information errichten, die er eben aufnahm.

Der Professor hielt kurz inne, als er seinen Zuhörern Zeit geben wollte, seine Worte zu verarbeiten.

– Der Dollar ist die Grundlage unserer globalen Wirtschaft. Doch jedes Fundament kann ins Wanken geraten. Wenn das Vertrauen in den Dollar auch nur minimal erschüttert wird, können die Folgen katastrophal sein. In den letzten Tagen habe ich Signale erkannt, die darauf hindeuten, dass das globale Vertrauen in die amerikanische Währung schwindet.

Anna spürte Kälte in ihrem Nacken. Sie kannte diesen Ton – nicht alarmistisch, sondern unerbittlich sachlich. Der Ton eines Menschen, der etwas sieht, das anderen verborgen bleibt. Sie erinnerte sich an seine früheren Analysen – nicht nur präzise, sondern ihrer Zeit voraus. Jetzt, als sie ihm zuhörte, hatte sie das Gefühl, die Umrisse von etwas Großem zu erkennen, das der Rest der Welt erst zu erahnen begann.

Yamamoto fuhr fort, seine Stimme wurde nachdrücklicher; er beugte sich leicht vor, als wolle er den nächsten Satz besonders betonen.

– Es geht nicht nur um den Dollar. Wenn das Fundament des globalen Systems erschüttert wird, sind die Auswirkungen verheerend. Wir verlieren das Vertrauen in die Institutionen – und Vertrauen ist das Einzige, was dieses System am Leben hält.

– Die Frage ist nicht, ob sich das System verändert – sondern wann.

– Wenn wir es jetzt nicht erkennen, wird uns der Wandel überraschen – und die Folgen werden weit zerstörerischer sein, als sich irgendjemand vorstellen kann.

Der Professor pausierte kurz, um seine Worte nachhallen zu lassen.

– Denken wir daran: Jedes System, das auf Vertrauen beruht, ist wie eine Brücke. Wir können sie verstärken oder schwächen; doch wenn wir die Überlast im entscheidenden Moment nicht entfernen, stürzt sie unter ihrer eigenen Last ein.

Der Bildschirm wechselte zu Grafiken der Anleiherenditen, doch es waren nur grobe Trends – ohne die Details, die Alex und Anna analysierten. Die Übertragung endete mit einem Blick auf Tokio – eine pulsierende Stadt, die nun wie ein stiller Zeuge der kommenden Veränderungen wirkte. Im letzten Bild verharrte die Kamera auf Yamamoto, der einen Moment lang versonnen geradeaus blickte, als frage er sich, ob irgendjemand das Ausmaß des Kommenden wirklich begreifen würde.

Lucas schaltete die Übertragung aus. Im Büro wurde es still. Kühles Neonlicht spiegelte sich auf der glänzenden Oberfläche des Konferenztisches und verdichtete die Atmosphäre der Anspannung.

Für Anna war es, als hätte sie durch ein Schlüsselloch in eine Welt geblickt, in der Macht nicht aus Muskeln oder Waffen bestand, sondern aus der Kontrolle über Kapitalströme. Jede Verwerfung, jeder Sprung – keine Zufälle. Ein Spiel, monumental und gefährlich wie eine Schachpartie zwischen Kolossen, deren Hände niemand je sah.

Lucas tauschte einen Blick mit Anna; sein Gesicht verriet eine Mischung aus Verständnis und Furcht.

Alex lehnte sich im Stuhl zurück und sprang dann plötzlich auf, als wolle er die Spannung aus seinem Körper schütteln. Er brach als Erster das Schweigen:

– Yamamoto versucht, die Öffentlichkeit zu warnen, aber er muss sehr vorsichtig sein mit dem, was er sagt. Er ist klug genug zu verstehen, dass das eigentliche Spiel hinter den Kulissen stattfindet.

Anna saß noch immer, doch ihre Hand krampfte sich um die Stuhllehne, die Finger in das weiche Leder gegraben. Einen Moment lang konnte sie sich nicht rühren – als habe das Gewicht von Yamamotos Worten sie gelähmt. Mit den Fingerspitzen rieb sie sich sanft die Schläfe, um den Gedankenwirbel zu ordnen.

– Wenn Yamamoto so offen spricht, ist die Lage schlimmer, als wir glauben – sagte sie leise und sah zu Lucas hinüber. In ihren Augen lagen Müdigkeit und Frustration.

Lucas seufzte schwer.

– Für heute ist Schluss. Wir müssen durchatmen. Morgen kommt ihr mit klarem Kopf zurück. Es könnte ein entscheidender Tag werden.

Anna warf einen Blick auf die Uhr und merkte, dass sie jedes Zeitgefühl verloren hatte. Es war spät; das Büro war leer, und die Stille ringsum hatte etwas Unheimliches.

Als sie das Gebäude verließ, spürte sie die Last des Tages auf ihren Schultern. New York pulsierte noch immer – und dennoch wirkte die Stadt heute anders: erfüllt von Spannung und einer Sorge um die Zukunft, wie sie sie noch nie zuvor wahrgenommen hatte.

Neuer Tag, neue Daten

Am nächsten Tag brachte der Morgen in Lower Manhattan eine unangenehme Feuchtigkeit mit sich, die sich auf den Scheiben des Hochhauses absetzte und den Blick auf die Stadt hinter Annas Bürofenster leicht verschleierte. Im

Inneren herrschte die Kühle der Klimaanlage, und die Luft war von einem kaum wahrnehmbaren Geruch nach Papier, Tinte und Stahl erfüllt. Sanftes Neonlicht mischte sich mit dem Glühen der Bildschirme und schuf eine Umgebung, in der jedes Detail seinen Platz zu haben schien. Draußen vor ihrem Büro erwachte New York zum Leben, doch unter der Schicht der Normalität lag etwas Düsteres und Beunruhigendes verborgen.

Anna setzte sich an ihren Schreibtisch und schaltete den Laptop ein. Auf dem Bildschirm erschienen rasch die Daten aus der asiatischen Sitzung. Ihre Augen glitten über Zahlenreihen und Charts, die mit jeder Stunde chaotischer wurden. Der Dollar war seit dem Morgen um weitere 4 % gefallen. Der DXY-Index – der wichtigste Maßstab für die Stärke der US-Währung – durchbrach bereits alle psychologischen Barrieren, die Analysten für unantastbar gehalten hatten. Die Linien auf den Diagrammen schwangen mit einer fast organischen Regelmäßigkeit, als wären es gespannte Seile einer Hängebrücke über einem Abgrund. Jede ihrer Bewegungen schien um Aufmerksamkeit zu rufen und Spuren einer Macht zu verraten – unsichtbar, aber unbestreitbar vorhanden. Für die meisten Analysten wären diese Daten nur trockene Zahlen gewesen, doch Anna sah darin eine Karte. Eine Karte, die zu jemandem führen konnte, der bewusst den Schein von Chaos erzeugte, um seine wahren Absichten zu verbergen. Einen Moment lang schloss sie die Augen und ließ die Spannung in der Luft in ihre Gedanken einsickern.

Plötzlich spürte sie Alex' Anwesenheit. Er hob leicht die Hand zum Gruß und stellte eine Tasse Kaffee neben ihren Monitor.

– Sag, dass du etwas Gutes hast – sagte er und setzte sich ihr gegenüber.

Anna zuckte mit den Schultern. Sie antwortete nicht sofort. Ihr Blick ruhte auf dem Monitor.

– Gut ist es eher nicht – erwiderte sie und schob ihm den Laptop hinüber.

– Die Verluste vertiefen sich. Ich habe etwas Neues. Schau dir die Transaktionen an, die in den frühen Morgenstunden auftauchen – sie haben ein ungewöhnliches Muster. Achte auf die Konto-IDs, über die diese Operationen laufen.

Alex überflog rasch die Daten und zog konzentriert die Stirn kraus.

– Tatsächlich, da ist etwas – sein Finger wies auf eine Zeichenfolge.

– Sieh mal: Die Konten haben merkwürdige alphanumerische Kennungen, aber drei Buchstaben wiederholen sich immer in derselben Reihenfolge: VTX.

Alex sog die Luft ein, als hätte ihn etwas gestochen.

– VTX? – wiederholte er vorsichtig. – Das könnte ein Kürzel sein, eine verschlüsselte Botschaft …

Alex sah sie durchdringend an.

– Oder die Abkürzung eines Firmennamens, der hinter der Manipulation steckt. Daniel hat etwas von der Vortex Company erwähnt. Ein riesiger Akteur, der aus dem Hintergrund agiert – großes Kapital, politischer Einfluss, ein

Netz von Verbindungen auf der ganzen Welt. Vielleicht ist das unser erster echter Ansatzpunkt?

Anna spürte, wie die Adrenalinflut ihren Puls beschleunigte. Vortex. Ein Name, der in den Gerüchten der Finanzbranche schon früher aufgetaucht war – stets als Flüstern, nie als Gewissheit.

– Wenn es wirklich Vortex ist, müssen wir äußerst vorsichtig vorgehen – sagte sie langsam.
– Wir brauchen mehr Beweise, bevor wir damit zu Lucas gehen.

In diesem Moment erschien eine weitere Benachrichtigung auf dem Bildschirm. Ein erneuter, noch dramatischerer Einbruch des Dollars. Alex starrte auf den Monitor, als könnte er die fallenden Zahlen mit Blicken aufhalten. Er rieb sich die Schläfen, sein Blick pendelte zwischen Anna und dem Bildschirm. Er stützte die Unterarme auf die Tischplatte, die Finger trommelten nervös auf der Oberfläche.

– Das ist schon Panik – sagte er und schüttelte ungläubig den Kopf. – Die Märkte verlieren vollständig die Kontrolle.

Er rückte näher heran, die Ellbogen aufgestützt. Sein Blick wurde intensiver. Er versuchte zu erfassen, was der Bildschirm zeigte, doch offenkundig entglitt ihm etwas.

Anna ließ den Blick durch das Büro schweifen. Die Menschen saßen schweigend vor ihren Monitoren. Selbst die härtesten Veteranen der Wall Street wirkten verängstigt. Sie griff nach der Kaffeetasse und spürte, wie die Wärme die Kühle ihrer Hände durchdrang. Einen Moment schwieg sie, als wöge sie ab, ob sie ihre Gedanken teilen sollte.

– Wir müssen mehr Beweise finden – sagte sie leise, aber bestimmt. – Bevor es zu spät ist.

Alex nickte zustimmend. Er starrte auf den Chart, als sähe er ihn zum ersten Mal. Seine Hand wanderte zum Kinn, die Finger rieben nachdenklich über die Haut.

– Ich prüfe all diese VTX-Transaktionen genauer und analysiere die Verbindungen. Wenn es Vortex ist, haben sie irgendwo sicher einen Fehler gemacht und Spuren hinterlassen.

Anna öffnete weitere Datenblätter und spürte, wie ihre Entschlossenheit wuchs. Jede Zahl, jeder Buchstabe, jede Transaktion war nun wie ein Teil eines Puzzles, das Form annahm. Wenn sie den Beweis finden konnten, dass Vortex hinter der Manipulation stand, ließe sich die Krise vielleicht stoppen, bevor sie katastrophale Ausmaße annahm.

Sie sah noch einmal auf den Dollarkurs, der wie eine Lebenslinie wirkte, deren Puls mit jeder Sekunde schwächer wurde.

– Hoffen wir, dass es noch nicht zu spät ist – flüsterte sie mehr zu sich selbst als zu Alex und spürte, wie die Verantwortung immer schwerer auf ihr lastete.

Sie atmete tief durch, um die Gedanken zu ordnen. Draußen vor dem Bürogebäude verdichteten sich die Wolken und warfen einen düsteren Schatten über die Stadt, als wolle selbst das Wetter sie vor dem warnen, was kommen mochte. Für einen Moment fragte sie sich, wie viel von diesem Chaos der Wirklichkeit geschuldet war – und wie viel ihrer eigenen Unwissenheit. Die Wall

Street pulsierte weiterhin. Menschen eilten, überquerten Straßen, als ändere sich nichts. Aber Anna wusste, dass sich alles änderte. Es war ein Puzzle, dessen Teile sich erst zu fügen begannen – und seine Folgen konnten alles verändern.

2

Der Krach

New York, 9:20 Uhr morgens, New York Stock Exchange

Auf dem Parkett herrschte eine ungewöhnliche Unruhe. Statt des üblichen Stimmengewirrs und des Klapperns der Tastaturen waren nur gedämpfte Flüstertöne und das Klingeln der Telefone zu hören. Riesige Bildschirme unter der Decke zeigten beunruhigende rote Zahlen.

– Schanghai minus acht Prozent, Tokio minus fünf, der Yuan steigt wie verrückt – murmelte einer der Makler und warf seinem Kollegen einen finsteren Blick zu.

– Das hier wird nicht gut ausgehen – sagte Jason Reed, ein alter Börsenhase.

Aus den Lautsprechern erklang eine ruhige, fast gleichgültige Stimme:

„Guten Morgen. Die Börse wird um 9:30 Uhr eröffnet. Bitte bereiten Sie Ihre Orders vor."

Doch niemand rührte sich. Die Bildschirme standen still, als wäre das gesamte System zum Stillstand gekommen. Automatische Handelsprogramme versuchten, auf die Daten aus Asien zu reagieren – aber es gab nichts, worauf sie reagieren konnten. Niemand wollte kaufen. Der Markt war leergefegt. Nur einige wenige Broker versuchten in Panik, noch schnell Aktien zu verkaufen, um ihre Kunden zu retten – doch es war bereits zu spät.

– Das kracht gleich zur Eröffnung – murmelte jemand.

– Es gibt keine Käufer. Nur Verkäufer.

9:30 Uhr

Die Glocke zur Eröffnung der Sitzung hallte lang und hart durch den Raum. Im selben Moment begannen die Bildschirme hektisch rote Zahlen zu blinken: Nasdaq −4,1 %, Dow Jones −2,8 %.

Das Parkett verwandelte sich in Chaos. Schreie, Gesten, Telefone, die fest ans Ohr gepresst wurden. Jeder versuchte zu begreifen, was vor sich ging. Manche starrten gebannt auf ihre Monitore, andere rannten mit ausgedruckten Kundenlisten zu den Terminals. Menschen schleuderten ihre Telefone auf den Tisch, ihre Rufe füllten den Raum. Mit jedem weiteren Sturz des Dollars wurde die Luft drückender.

– Zieh die Mittel raus! Mir egal zu welchem Preis! – brüllte Jason Reed.

Neben ihm versuchte die jüngere Händlerin Sarah Collins, die Situation unter Kontrolle zu bringen.

– Mr. Graham, wenn wir jetzt verkaufen, verlieren wir die

Hälfte des Portfolios. Bitte, geben wir dem Markt Zeit zur Reaktion – sagte sie, doch ihre Stimme zitterte.

Nach sieben Minuten des freien Falls, als die Indizes sich der Marke von -7 % näherten, ertönte plötzlich das Signal für den Notstopp. Die Stille, die folgte, war ohrenbetäubend.

„*Circuit Breaker aktiviert. Handel für 15 Minuten ausgesetzt.*"

Im selben Augenblick spuckte Twitter einen neuen Trend aus: #BlackMondayAgain – in weniger als drei Minuten kletterte der Hashtag weltweit auf Platz eins.

Stille. Die Börse erstarrte. Die roten Linien auf den Bildschirmen verharrten. Auf dem Parkett lag eine Atmosphäre des Wartens in der Luft.

– Das ist keine Korrektur ... – flüsterte ein junger Broker am Rand.

***

New York, 9:20 Uhr – Annas Büro

Anna saß reglos an ihrem Schreibtisch, den Blick auf den Bildschirm geheftet, während die Szenen vom Börsenparkett live übertragen wurden. Ihre Analyse-Tools hatten seit Stunden merkwürdige Muster angezeigt. Obwohl die Federal Reserve in der Nacht Notgeld in den Markt gepumpt hatte, rann der Dollar durch die Finger wie Wasser durch ein Sieb.

Sie bereitete eine Übersicht der letzten 48 Stunden vor. In der Nacht waren Daten aufgetaucht: Hunderte Milliarden Dollar wurden von Fonds aus dem Nahen Osten und Asien aus amerikanischen Vermögenswerten abgezogen. Gleichzeitig kauften dieselben Institutionen den digitalen Yuan und wickelten Energiegeschäfte außerhalb des SWIFT-Systems ab.

Weiter scrollend fiel ihr etwas anderes auf. Eine Serie kleiner, regelmäßiger Käufe verschiedener US-Staatsanleihen – nicht die gängigen, sondern verstreut über unterschiedliche Segmente, über kleinere Fonds und Banken – über Monate, ja Jahre hinweg. Stück für Stück, unauffällig. Und jetzt? Innerhalb von 48 Stunden: ein massiver, synchronisierter Ausverkauf genau dieser Papiere. Nicht, um Profit zu machen ... sondern um in dem schwächsten Moment der USA eine Flut von Angebot auszulösen – während aus dem Osten bereits Druck kam. Als hätte jemand jahrelang eine geheime Hebelwirkung aufgebaut, nur um jetzt zuzuschlagen.

Neue Alarme blinkten auf:

– Saudis ziehen 28 Milliarden Dollar ab.

– Singapur steigt in den digitalen Yuan ein, lässt den Dollar fallen.

– Russen schleusen Gelder über Hongkong, umgehen das westliche System.

Unter den Transfers tauchten auch Operationen auf, die von Fonds gezeichnet waren, deren Namen sie noch nie gesehen hatte. Keine Eigentümerangaben, nur Kürzel, Offshore-Register, Verbindungen zu Phantomfirmen. Sie versuchte, den Ursprung einer Überweisung nachzuvolIziehen, doch die Spur endete auf einer geschlossenen Domain in Israel. Alles sah aus wie eine geplante Flucht – als hätte jemand an einem unsichtbaren Faden gezogen und den Dollar aus dem globalen Spiel gepumpt.

Anna öffnete eine Meldung der NYSE: „Handel ausgesetzt aufgrund übermäßiger Volatilität."

Sie scrollte weiter zu den Berichten aus Asien. Über Nacht waren Deepfake-Videos explodiert: falsche Nachrichtensprecher schrien vom Bankrott der Federal Reserve, während „Experten" auf TikTok zum panischen Ausverkauf amerikanischer Assets aufriefen. Es war nicht nur der Rückzug der Institutionen – es war die Panik gewöhnlicher Menschen, die wie eine verängstigte Herde alles verkauften. Dieser künstlich erzeugte Ansturm verschärfte die Liquiditätskrise und gab den großen Spielern den perfekten Vorwand zur Flucht.

Das war keine normale Marktreaktion – es wirkte wie eine Operation von jemandem, der das System von innen kannte. Und genau wusste, wo er ansetzen musste.

– Siehst du dasselbe wie ich? – fragte Lucas ohne Umschweife.

Anna nickte nur und drehte den Bildschirm zu ihm. Auf dem Desktop standen Zahlen, die mehr sagten als tausend Worte.

– Lucas, hast du die Berichte aus Asien gesehen? Diese Clips, die letzte Nacht hochgegangen sind? „Der Dollar bricht zusammen!", „Die Fed ist pleite!" – dumme Videos, aber gut genug, dass Kleinanleger in Schanghai oder Tokio massenhaft US-Aktien auf den Markt geworfen haben. Jemand hat das Pulverfass angezündet, um den Sturm loszutreten.

– Das war keine Panik – sagte sie leise. – Das war ein Rückzug. Geplant. Erst die Deepfakes in Asien, um die Kleinanleger rauszudrängen und Chaos zu stiften ...

– ... und dann diese „stillen Spieler" – ergänzte Lucas, zeigte auf den Bildschirm mit den Anleihedaten. – Jahrelang haben sie Ramschschuld eingesammelt, nur um sie jetzt auf den Markt zu werfen.

– Worum geht es hier in Wirklichkeit?

Lucas seufzte schwer und rieb sich mit der Hand übers Gesicht.

– Man hat darüber gesprochen. In Tokio, in Dubai ... es gab Warnungen. Aber wer hört schon hin? China und Russland – das sind doch immer nur „Drohungen und Propaganda", nicht wahr?

Anna warf einen Blick auf den zweiten Monitor – die Kurse von Gold und Bitcoin schossen senkrecht nach oben. Die Menschen flohen aus dem Dollar, wohin sie nur konnten.

– Seit Wochen haben Analysten aus Asien signalisiert, dass sich etwas anbahnt. Sie sagten es klar: China, ihre Banken, die Fonds – das sind keine zufälligen Bewegungen. Aber niemand hat das ernst genommen. Man hat es als politische Rhetorik abgetan.

– Nur dass sie heute Morgen aufgehört haben zu reden.

Anna klappte den Laptop zu. Sie blickte durch das Fenster auf die pulsierende Stadt. Sie spürte, dass gerade etwas geschah, das in kein Modell passte. Und dass sich alles gleich neu ordnen würde – nach völlig anderen Regeln.

Wenn das nur die Folge der Aktionen Chinas und ihrer Verbündeten war, konnte sich die Welt vielleicht wieder aufrappeln. Aber wenn jemand absichtlich an diesen Fäden gezogen hatte ... war kaum vorstellbar, wie das enden sollte.

Es war gerade einmal 13 Uhr – und die Weltfinanzen wankten bereits.

Das Schlimmste stand noch bevor ...

Schwarze Löcher der Liquidität

Als sich die NYSE um 16:00 Uhr schloss, lagen die Indizes in Trümmern. Doch für Anna begann der Tag erst.

Die Luft im Büro schien vor Spannung zu vibrieren, jedes Geräusch, jeder Ton kündigte etwas Unausweichliches an.

Anna krallte die Fingernägel in ihre Handflächen, den Blick fest auf den Bildschirm gerichtet.

– Lucas, schau! Transaktionen aus Kiew – 500 Millionen in Kryptowährungen, nachts um drei überwiesen von der Firma *Meli Anro*. Genau dasselbe Muster wie bei den Cayman-Überweisungen von gestern!

Alex lehnte sich im Stuhl zurück und entsperrte die Tastatur – schon rauschte ein Strom frischer Transaktionsdaten über den Bildschirm.

– *Meli Anro*? Das ist der ukrainische Getreidegigant mit Verbindungen zum russischen Oligarchen Malenkow.

– Und die Cayman-Konten? *Cayman Ventures Ltd* – alle führen zur selben Bank in Zürich. Jemand glaubt ernsthaft, man könne die Spur in einem Steuerparadies verbergen ...

Die Stille wurde durchbrochen vom Alarmton des Terminals, das soeben einen plötzlichen Ölpreisanstieg von 2 % innerhalb weniger Sekunden meldete.

Alex brummte nur:

– Zu schneller Sprung. Ich prüfe sofort, wer das ausgelöst hat.

Gedämpfte, nervöse Gespräche mischten sich mit dem scharfen Klappern der Tastaturen. Ein Analyst presste den Kopf in die Hände, als wollte er seine Gedanken vor dem Zerfall bewahren.

– Wir müssen die Quelle finden, bevor der Markt völlig kollabiert – warf Alex hin und scrollte durch die Daten.

Die Uhren an den Wänden tickten mit spöttischer Präzision, ein gnadenloser Countdown zu den nächsten Verlusten. In Tokio verließen Investoren schweigend das Parkett, ihre Gesichter sprachen mehr als Angst. In London gaben die Aufsichtsbehörden Warnungen heraus, doch die Entscheidungen kamen zu spät. Die Linien auf den Charts erstarrten in grotesken, senkrechten Abstürzen. Jede neue Datenaktualisierung brachte noch mehr Chaos ins Büro.

Anna starrte auf die Sequenzen von Transaktionen, die sich zu etwas Bedrohlicherem formten – einem Muster, das mit jedem Blick deutlicher wurde. Ihre Hände tippten Befehle mit der Präzision einer Maschine, während ihre Gedanken nur um eines kreisten: *Wer steckt dahinter? Warum jetzt? Sind wir nur Figuren in ihrem Spiel?*

Da flogen die Türen mit einem Knall auf. Ein junger Analyst aus der Cyber-Sicherheitsabteilung stürmte herein und riss einen Kaffeetisch um. Der heiße Inhalt ergoss sich über Annas Dokumente.

– Entschuldigung! Aber ihr müsst das sehen! – Seine Hände zitterten, als er Alex ein Tablet hinhielt.

– Wir haben ein Backdoor in der Software-Aktualisierung von *Market Pulse Pro* gefunden! Jemand hat die Daten zu Anleihen- und Rohstoffmärkten manipuliert! Die Terminals zeigten einen künstlichen Ölpreisanstieg und den Zusammenbruch von BB+-Anleihen, während die Realität stabil war! Das hat Panik und eine Lawine an Orders ausgelöst!

Anna sprang auf, wischte die vom Kaffee durchnässten *Meli Anro*-Berichte ab. In der Luft hing der Geruch von verbrannter Elektronik und Angst.

Das Telefon am Schreibtisch klingelte, durchtrennte die Szene. Anna griff nach dem Hörer.

– Senger – sagte sie knapp.

– Wir brauchen Sie jetzt im Konferenzraum. Mason will sofort einen Bericht über Ihre Analysen – meldete sich die neue Risikochefin, Claire Jansen. Ihre Stimme war eiskalt und entschlossen.

Anna legte auf, sammelte hastig ihre Notizen und Ausdrucke. Sie atmete tief durch und machte sich auf den Weg zum Konferenzraum. Schon beim Betreten spürte sie die Anspannung in der Luft. Claire unterbrach kurz ihr Telefonat und warf Anna einen knappen Blick zu. An den Monitoren saßen Analysten, die nervös Daten austauschten.

Die Tür flog auf. Richard Mason, COO der Fed, stürmte herein wie ein Orkan. Sein Anzug war zerknittert, sein Blick scharf wie ein Messer.

– London kann zögern, aber wir haben diesen Luxus nicht! – donnerte er. – Aktiviert sofort die globalen Reserven. Ich will in fünf Minuten einen kompletten SEC-Bericht. Wir müssen wissen, welche Fonds brechen.

Alex kam mit dem Laptop herein. Claire legte den Hörer beiseite, ihre Miene ernst.

– Richard, das Problem sind nicht nur die Fonds. Die Algorithmen erzwingen Transaktionen in nie dagewesener Dimension. Wenn die Nasdaq in diesem Zustand öffnet, ist die Kettenreaktion nicht mehr beherrschbar.

– Und diese Deepfakes ... – fügte sie hinzu und wies auf

den Bildschirm mit den sozialen Medien, wo virale Clips vom „Zusammenbruch der Fed“ die asiatischen Plattformen überfluteten. – Das schürt die Panik der Menschen weltweit. Ich habe die Daten gesehen – der Einzelverkauf amerikanischer Assets in Asien ist in einer Stunde um 700 % gestiegen. Ein Tsunami.

Alex fasste zusammen:

– Allein auf Twitter und TikTok – drei Millionen Aufrufe in einer Stunde.

Claire sah Anna prüfend an, als wollte sie einschätzen, ob man ihr trauen konnte.

– Haben Sie harte Beweise? – fragte sie kühl, doch in ihrem Blick lag mehr – Angst? Verzweiflung?

Anna hielt ihr wortlos die Unterlagen hin.

– Seite sieben – sagte sie. – Die Anleihentransaktionen. Dieselben anonymen Player, die jahrelang Nischen-Schulden gekauft haben, werfen sie jetzt massenhaft auf den Markt. Mit Abschlägen, die jede Liquidität zerstören. Das ist kein Fondsbankrott. Das ist Sabotage.

Claire neigte den Kopf, blätterte. Ihr Finger verharrte auf einer Serie von Transaktionen. Ihr Gesicht verlor an Farbe.

– Das ... sind dieselben Akteure wie im Bericht vom letzten Quartal? Diese Phantom-Fonds von den Caymans? – Ihre Stimme verlor den frostigen Ton. – Sie ... sie gehen nicht unter. Sie zerstören absichtlich den Markt.

Mason runzelte die Stirn, sah Claire scharf an.

– Zehn Minuten, Claire. Finde eine Lösung. Wenn nicht, wird das der größte Crash der Geschichte.

Claire zögerte, überflog die Daten erneut. Etwas in den Mustern kam ihr zu bekannt vor – als ob jemand bewusst falsche Informationen einspeiste. Für einen Moment dachte sie: *Arbeitet jemand von innen für die Gegenseite?*

– Könnte es sein, dass die Leaks gesteuert sind? – murmelte sie mehr zu sich selbst, doch laut genug, dass Anna aufblickte. Ihre Blicke trafen sich, und in Annas Augen blitzte Verdacht auf.

In diesem Moment stürmte Lucas Grant herein. Schweißperlen standen auf seiner Stirn, die Anspannung war greifbar. Mit einem Stapel Dokumente in den Händen knallte er die Blätter fast auf den Tisch.

– Anna, diese Hedgefonds in Japan und Deutschland ... sie fallen einer nach dem anderen. Siehst du etwas in den Daten? – fragte er erwartungsvoll.

– Und die Deepfakes! Sie haben Europa erreicht. Ein Video eines ungarischen Politikers, der zum sofortigen Verkauf aller US-Werte aufruft, geht viral! Die Filialbanken werden gestürmt!

Anna beugte sich über die Unterlagen, ihre Brauen zogen sich zusammen.

– Das ergibt keinen Sinn – sagte sie langsam. – Sie operieren auf unterschiedlichen Märkten, mit verschiedenen Strategien, und trotzdem fallen sie im selben Moment.

– Und sieh hier – fügte sie hinzu und zeigte auf ein Diagramm. – Ihre Anleiheportfolios ... exakt von denselben „Phantom"-Playern aufgelöst, die jetzt den Bondmarkt at-

tackieren.
– Jemand manipuliert das gesamte System.

Anna hob den Blick.

– Das ist Krieg. Ein Finanzkrieg, aber genauso zerstörerisch.

Lucas' Stimme wurde schärfer.

– Jemand entfacht Panik in einem Sektor und beobachtet die Kettenreaktion.

– Vielleicht ist es mehr. Vielleicht will jemand den Dollar als Fundament der globalen Wirtschaft zerstören. Und wenn das ihr Ziel ist, hören sie nicht auf, bis das ganze System kollabiert – antwortete Anna entschlossen.

Claire hob den Kopf vom Bildschirm. Ihr Gesicht blieb hart, doch in ihren Augen flackerte Unruhe.

– Wir können alle Operationen stoppen und den Handel übernehmen – sagte sie mit einer Stimme wie ein Messer.
– Aber wir müssen uns klar sein: Das löst Panik aus, deren Folgen unberechenbar sind. Es wird die Märkte erschüttern, uns in eine Flut aus Chaos stürzen.

Mason, am Kopfende des Tisches, starrte sie an. Kein Zweifel, nur kühle Kalkulation. Seine Faust schlug auf die Tischplatte, der Knall klang wie das Signal einer unausweichlichen Entscheidung.
– Wenn wir es jetzt nicht tun, gibt es nichts mehr zu retten!

Anna starrte auf ihren Bildschirm. Die Daten erschienen in regelmäßigen, präzisen Sequenzen. Jede Transaktion wirkte, als sei sie sekundengenau geplant.

Die Nasdaq öffnete wie ein leckgeschlagener Tank voller Marktwut. Rote Indikatoren explodierten auf den Monitoren, die Alarmsirenen ergossen sich in eine Kakophonie, die jeden Gedanken lähmte. Doch was dann geschah, übertraf alle Befürchtungen:

Die erste Welle kam nicht von Institutionen, sondern von Millionen Verkaufsorders gewöhnlicher Menschen weltweit – aufgeschreckt durch Deepfakes. Algorithmen erstickten, die Warteschlangen explodierten. Preise fielen ins Nichts. Gleichzeitig kollabierte der Anleihemarkt. Kommunal- und Unternehmensanleihen, überschwemmt von den geheimnisvollen Akteuren, verloren jede Liquidität. Fonds, die sie als „sichere" Assets hielten, standen plötzlich am Rand der Pleite und mussten Aktien panisch abstoßen, um an Bargeld zu kommen. Ein selbstverstärkender Brand.

Circuit Breaker lösten einer nach dem anderen aus, stoppten den Fall nicht, sondern steigerten die Panik. Jeder Handelsstopp war wie ein geschlossener Ventil – der Druck stieg, bis er bei der Wiederöffnung mit noch größerer Gewalt explodierte.

Die Handelsprogramme, programmiert, um Kapital zu retten, warfen massenhaft Orders zu „jedem Preis" auf den Markt. Schwarze Löcher der Liquidität entstanden – Aktien stürzten um 20, 30 Prozent in Sekunden, ohne realen Handel. Analysten griffen panisch zu den Telefonen, ihre Stimmen mischten sich mit den Alarmsirenen. Bildschirme explodierten in Rot, Warnsignale schrillten wie Feuermelder, Schreie füllten den Raum.

Ein Analyst starrte fassungslos auf seinen Bildschirm, dann bedeckte er das Gesicht mit den Händen.

– Es ist vorbei – flüsterte er. – Die Anleihen ... alles ... keine Liquidität ... – Seine Stimme brach.

– NASDAQ minus 15 %! – brüllte jemand. – BB+-Anleihen 30 % im Keller! Das ist der Armageddon!

Menschen schrien einander an, Telefone klingelten unaufhörlich, die Luft war erfüllt von Angst und Hilflosigkeit. Auf den Fernsehbildschirmen flimmerten Bilder: die leeren Handelsplätze in Tokio, die Panik in London.

Ein Analyst schleuderte den Hörer fort und brüllte:

– Verkauft alles! Es gibt keine Strategie mehr!

Das Büro glich einer belagerten Festung; jeder kämpfte um ein Fünkchen Information, das retten konnte.

– Holt die Mittel raus, bevor es zu spät ist! – schrie jemand.

Anna starrte auf ihren Bildschirm, wo die Zahlen wie eine Lawine über sie hinwegrollten. In jedem Datenpunkt sah sie die Warnung: der Zusammenbruch war unausweichlich. Das Chaos um sie herum wurde zum Hintergrund – zur Stille vor dem eigentlichen Schrei.

Auf ihrem Monitor, neben den roten Absturzlinien der Indizes, pulsierte ein anderes Chart: das globale Volumen des Einzelverkaufs. Die Kurve stieg senkrecht, der Beweis für die zerstörerische Macht der Deepfake-Propaganda. Im zweiten Fenster sank die Liquidität des Bondmarktes praktisch auf null.

KI-Videos haben die Lunte gelegt. Der unbekannte Spieler hat die Fundamente gesprengt. Algorithmen und Panik erledigen den Rest, schoss es ihr mit eisklarer Gewissheit durch den Kopf. Ein Schauer lief ihr den Rücken hinab. In ihrem Inneren pochte nur noch eine Frage: Hat es schon begonnen? Doch tief in ihr wusste sie: Die Antwort lautete ja.

In der Luft lag der Geruch der Katastrophe. Die Bildschirme blinkten wie Alarmsignale, ihr Summen hallte in der Stille. Anna begriff: Es war nicht mehr die Frage ob, sondern wann alles zusammenbrechen würde. Ob sie überhaupt noch eine Chance hatten, es aufzuhalten.

Am Rand des Zusammenbruchs – Wall Street

Es war bereits der zweite Tag der Krise, niemand an der Wall Street fühlte sich sicher. Das Büro versank weiterhin im Chaos. Das gedämpfte Murmeln, das Hämmern der Tastaturen und das Brummen der Telefone glichen einer Welle, die anwuchs, um gleich mit voller Wucht zu brechen.

In der Ecke des Büros saß Anna Senger schweigend, mit versteinertem Gesicht. Ihr Blick bohrte sich in den Bildschirm. Zahlen rasten in einem schnellen, beinahe hypnotischen Tempo an ihren Augen vorbei. Jeder neue Wert, jeder fallende Indikator war wie ein weiterer Hammerschlag, der die Fundamente der globalen Wirtschaft zerschlug.

Neue Daten von der Wall Street liefen in Echtzeit ein. Hedgefonds froren Vermögenswerte ein, Liquiditätsindikatoren stürzten ab. Die Linien auf den Charts rutschten wie Lawinen – schnell, unkontrolliert, alles zerstörend, was sich ihnen in den Weg stellte. In Annas Kopf fügten sich diese Zahlen zu einer brutalen Symphonie der Krise, wie sie sie noch nie erlebt hatte. Die Wall Street – ein Koloss auf tönernen Füßen – wankte am Abgrund, und jede weitere Bewegung konnte den Dollar zerschmettern, der bislang als Symbol globaler Stabilität gegolten hatte.

Die Bürotür flog mit einem Knall auf, Lucas stürmte herein, als wäre er gerade durch die halbe Stadt gerannt. Seine geöffnete Hemdknopfleiste und die zerzausten Haare verrieten Verzweiflung. In der einen Hand hielt er ein Telefon, in der anderen einen Stapel Dokumente.

– Die Wall Street bricht zusammen – stieß er keuchend hervor. – Die SEC hat gerade bestätigt, dass Fonds Auszahlungen blockieren. Algorithmen lösen Kettenreaktionen aus. Der Dollar verliert den Boden unter den Füßen.

Anna hob den Kopf. Ihr Blick war kühl, fast emotionslos.

– Wie schlimm sieht es aus? – fragte sie mit ruhiger, doch innerlich kraftvoller Stimme.

Lucas trat näher und warf die Dokumente auf ihren Schreibtisch.

– Innerhalb von zwei Stunden sind die Hälfte der Hedgefonds in den Einfrier-Modus gegangen. Der Rest hält höchstens bis zum Tagesende durch. Wenn die Wall Street fällt, fällt der Dollar mit.

Anna ließ die Augen über die Berichte gleiten. Ihre Finger zitterten leicht, als sie die Seiten umblätterte. Claire betrat den Raum, hielt in der einen Hand ein Tablet, in der anderen das Telefon. Ihr Gesicht war blass, doch ihre Haltung blieb diszipliniert.

– Die SEC fordert unsere Daten der letzten 48 Stunden – sagte sie. – Sie behaupten, die Analyse könnte die Eskalation stoppen.

Hinter ihr erschien Mason, mit Ausdrucken, die ihm beinahe aus den Händen glitten.

– Das können wir nicht tun – erklärte er scharf. – Wenn wir unsere Daten freigeben, legen wir alle Karten offen. Und wenn das jemand bewusst ausgelöst hat, wird die Reaktion auf den Dollar endgültig.

Anna hob den Blick. Ihr Augenpaar war wie Stahl, durchbohrte jeden Zweifel. Sie spürte die Last der Welt auf ihren Schultern, wusste aber, dass sie jetzt handeln musste.

– Richard, der Dollar ist längst im Visier. Die Wall Street ist nur der erste Schritt. Wenn wir nichts tun, fällt das System wie Dominosteine.

Claire sprach erneut, ihre Stimme zitterte kaum hörbar, doch sie zwang sich zur Ruhe.

– Die NSA hat die Algorithmen untersucht. Sie haben eine Schwachstelle gefunden. Jemand nutzt sie, um die Märkte zu destabilisieren. Das Problem ist: Wir können den Urheber nicht identifizieren.

Mason verengte die Augen.

– Wenn der Dollar fällt, hat die Welt keine Alternative. Die Kapitalisierung verlagert sich vielleicht kurzfristig, aber das Fehlen einer globalen Reservewährung zerstört das Vertrauen.

Anna atmete tief durch und legte die Berichte beiseite. Ihr Blick glitt über die Gesichter im Raum. Jeder wusste, dass das, was geschah, in die Geschichte eingehen würde.

– Jemand steckt dahinter. Und er hört nicht auf, bis das gesamte System kollabiert – sagte Anna fest.

– Aber wir sind nicht wehrlos – fügte sie hinzu und richtete sich auf.

– Claire, du hast Kontakte in die Medien. Wir brauchen einen öffentlichen Auftritt der Fed oder des Finanzministeriums. Sofort. Bedingungslose Liquiditätsgarantien für Schlüsselbanken und Fonds. Sie sollen sagen, dass sie so viel drucken, wie nötig, um den Markt zu stabilisieren. Das stoppt die Panik der Kleinanleger – wenigstens für einen Moment.

Claire nickte und griff zum Telefon.

– Mason, kannst du Druck auf Yellen machen? Wir brauchen das innerhalb einer Stunde, maximal zwei.

Mason wählte bereits.

– Ich tue, was ich kann. Es ist riskant, aber weniger riskant als der Totalausfall.

– Lucas – wandte sich Anna an ihn.

– Hat die SEC diese Daten zu den russischen Fonds? Wir brauchen einen Leak an glaubwürdige Medien. „The Wall Street Journal“, „Financial Times“. Die Welt muss sehen, dass es ein Angriff ist und kein organischer Krisenverlauf. Das nimmt ihnen den Überraschungseffekt und zwingt sie vielleicht zum Rückzug.

Lucas lächelte humorlos.

– Ich arbeite schon an den Kanälen. Wir haben einige Transaktionen, die wie eine Signatur wirken. Wenn wir sie mit der NSA-Analyse über Algorithmus-Manipulation untermauern …

Die Stille, die folgte, war schwer, aber nun von konzentrierter Energie erfüllt statt von Lähmung. In diesem Moment hing alles an ihrer Koordination. Anna wusste: Ihr Plan war verzweifelt – aber er war das einzige Floß auf diesem sinkenden Schiff. Jede Sekunde Verzögerung brachte sie der Katastrophe näher, die die Welt für immer verändern konnte.

Als alle sich zerstreuten, trat Claire zu Anna und zog eine Marke aus der Tasche.

– Es ist Zeit, dass du es erfährst. Mein Name ist Claire Voss. Ich bin Special Agent des FBI für Finanzkriminalität. Die SEC hat uns vor einiger Zeit hinzugezogen, als die ersten Anomalien die Marktskala sprengten.

Anna war nicht sonderlich überrascht; sie hatte schon geahnt, dass Claire nicht mit offenen Karten spielte. Nun konnte sie sie wenigstens von der Liste möglicher Lecks streichen. Sie sah erst auf die Marke, dann Claire ins Gesicht. Ihre Stimme blieb ruhig, scharf wie ein Skalpell:

– Wer weiß noch davon?

Claire steckte die Marke in die Innentasche ihres Blazers.

– Lucas. Und Mason. Beide wurden von der SEC informiert, bevor es zur Eskalation kam. Außerdem … Mason hat mich ins Team geholt.

Anna verengte die Augen.

– Ich war also die Einzige im Dunkeln?

Claire wich ihrem Blick nicht aus.

– Nicht ganz. Wir wollten dich informieren. Aber erst, wenn wir sicher sind, dass du kein Teil des Puzzles bist. Es tut mir leid – es war nicht meine Entscheidung.

Anna schwieg einen Moment. Ihre Gedanken rasten. Obwohl sie die wichtigsten Analysen führte, hatte man sie wie eine Zuschauerin behandelt.

– Wann wolltet ihr mich einweihen? – fragte sie leise, doch kühl.

Claire antwortete ohne Zögern:

– Genau jetzt tue ich es.

– Und Mason? – Anna hob eine Augenbraue. – Trägt er auch eine Marke in der Tasche?

– Nein. Aber er hat Zugang zu mehr als nur einer Behörde. Offiziell – Berater im Finanzministerium. Inoffiziell – Verbindungsmann zum Heimatschutzministerium. Kommt darauf an, wen du fragst.

– Großartig – murmelte Anna bitter.

Der Schatten über dem Dollar

Das Geräusch von Börsenmeldungen und verzweifelten Stimmen verschmolz zu einem einzigen Strom aus Tönen – wie eine Sirene, die den nahenden Sturm ankündigte. Anna Senger saß reglos inmitten dieses Sturms, wie ein Kapitän auf der Brücke eines sinkenden Schiffes. Ihr Blick bohrte sich in die endlosen Reihen von Daten, die in rasendem Tempo über den Bildschirm jagten. Im Chaos der Zahlen erkannte sie einen Rhythmus – präzise, bedrohlich, als hätte jemand ein Kartenhaus aufgebaut, nur um es mit einem einzigen Zug zum Einsturz zu bringen.

Die Tür flog auf, Claire trat ein. Ihre Schritte waren schnell und entschlossen, ihr Gesicht verriet kein Zögern. In den Händen hielt sie einen dicken Stapel Dokumente, den sie mit einem dumpfen Schlag auf Annas Schreibtisch legte.

– Anna, du musst dir das ansehen – sagte sie scharf. – Daten aus Asien. Die SEC hat sie gerade geschickt.

Anna schob langsam die Tastatur beiseite und griff nach den Unterlagen. Das Papier fühlte sich rau an, kalt und schwer – wie die Last der Informationen, die es barg. Ihre Augen flogen über die Zeilen voller Zahlen, Diagramme und Tabellen. Ihr Gesichtsausdruck veränderte sich mit jeder Seite – von konzentriert über beunruhigt bis zu blankem Unglauben.

– Das ist unmöglich ... – flüsterte sie, ihre Stimme kaum hörbar.

Claire trat näher an den Tisch, beugte sich zu ihr hinunter.

– Was bedeutet das deiner Meinung nach? – fragte sie und versuchte, ihren Blick einzufangen.

Anna deutete auf eine der Tabellen, ihre Stimme klang nun messerscharf.

– Diese Transaktionen sind identisch mit denen, die ich bereits analysiert habe. Aber die Menge und die Präzision ... sie werden auf Mikrosekunden genau ausgeführt, als wüsste jemand schon vorher, was passieren wird.

Claire runzelte die Stirn, ihr Blick glitt erneut über die Daten.

– Du willst sagen, jemand ... prognostiziert die Marktbewegungen?

Anna legte die Unterlagen ab und sah sie entschlossen an.

– Nein. Er prognostiziert nicht. Er erschafft sie. Das ist kein Chaos. Das ist ein geplanter, kontrollierter Angriff.

Die Frage ist nur – warum? Was ist ihr Plan?

In diesem Moment vibrierte Annas Telefon und durchbrach die Stille. Sie warf einen Blick aufs Display – und hielt den Atem an.

„23:00. *Beim Bullen. Die Wahrheit ist näher, als du denkst.*"

Einen Augenblick lang starrte sie nur auf den Bildschirm, versuchte zu begreifen, wer ihr das geschickt hatte – und warum. Ihr Herz schlug schneller. Ihr Instinkt sagte ihr, dass es mehr war als eine Warnung. Es war eine Einladung.

– Anna? Alles in Ordnung? – fragte Claire, irritiert von dem Ausdruck auf ihrem Gesicht.

Anna sperrte das Handy und legte es beiseite.

– Ja, nichts Wichtiges – log sie, wissend, dass sie das nicht teilen konnte.

Die Tür ging erneut auf, Lucas Grant trat ein.

– Mehrere dieser Konten sind mit russischen Staatsfonds verknüpft.

Claire richtete sich abrupt auf.

– Also doch Russland?

Lucas nickte.

– Das könnte ihr Weg sein, den Markt zu dedollarisieren.

Anna starrte weiter auf die Daten.

– Das bestätigt unseren Plan – sagte sie mit fester Stimme.

– Claire, wie weit sind wir mit der öffentlichen Liquiditätsgarantie?

– Yellen tritt in zwanzig Minuten im Weißen Haus vor die Presse – antwortete Claire, einen Blick auf ihre Uhr werfend. – Die Fernsehteams sind schon da.

– Lucas, was ist mit dem Leak an die Medien?

– Die Unterlagen sind auf dem Weg zu The Wall Street Journal und Financial Times. Sie gehen online, sobald Yellen spricht.

– Gut. – Anna erhob sich. – Mason, ist der algorithmische Firewall der SEC einsatzbereit? Das ist unser letzter Schutzwall vor der Wiedereröffnung des Nasdaq.

Mason nickte, doch seine Augen verrieten Anspannung.

– Wir aktivieren ihn eine Stunde vor Öffnung. Wenn ihre Algorithmen einen neuen Angriff starten, werden sie blockiert und markiert. Das gibt uns Zeit ... und vielleicht Beweise.

Claire durchbrach die Stille. Ihre Stimme war nun fester.

– Wenn die Wall Street zusammenbricht, wird der Dollar

für einen Moment wie ein Floß für Ertrinkende wirken. Aber wenn unser Plan funktioniert, wenn das Vertrauen auch nur ein Stück zurückkehrt …

Anna sah ihr direkt in die Augen.

– … dann kaufen wir uns Zeit. Zeit, die wir verzweifelt brauchen, um die Quelle zu finden – und sie abzuschneiden.

Wenn das Vertrauen in den Dollar verloren geht, fällt nicht nur die Wall Street. Dann fällt die Welt, wie wir sie kennen.

Lucas beugte sich über den Tisch.

– Wir haben nur noch ein paar Stunden, bis der Nasdaq voll öffnet. Unser Plan muss perfekt sitzen: Yellen, der Leak, der Firewall …

Anna sah auf die Dokumente, dann auf den Bildschirm. Sie spürte die Last von vier parallelen Operationen, deren Erfolg an einem seidenen Faden hing. Und in ihrem Kopf hallten immer noch die Worte der Nachricht nach: „Beim Bullen."

Der Ort, an dem die Legende der Wall Street begann. War es eine Warnung – oder eine Einladung zum Endspiel? Eines war sicher: Wenn sie die Wahrheit finden wollte, musste sie um 23:00 Uhr dort sein.

Alarm im Weißen Haus

Weißes Haus, Washington

Der Krisenraum im Untergeschoss des Weißen Hauses lag im Halbdunkel, erhellt nur vom kühlen Licht der Bildschirme, die Live-Daten anzeigten. An den Wänden liefen Diagramme, Karten und Nachrichten von den Finanzmärkten, pulsierend wie der Herzschlag der globalen Wirtschaft. Die Uhr an der Wand zeigte 20:15. Die Nacht schien lang und ungewiss.

Der Präsident saß am Kopfende des langen Tisches, die Hände zu Fäusten geballt auf der Tischplatte. Sein Gesicht wirkte nach außen hin ruhig, doch der angespannte Kiefer verriet den Sturm der Gedanken. Seine Augen wanderten über die Gesichter der Berater, als suchten sie nach einer Antwort, die die Welt vor dem Zusammenbruch retten könnte. Rund um den Tisch saßen die wichtigsten Mitglieder des Nationalen Sicherheitsrats – Ökonomen, Militärs und Analysten. Die Luft war erfüllt von einem leisen Summen der Projektoren und dem fernen Klingeln der Telefone, als würde das Gebäude selbst das Gewicht der bevorstehenden Katastrophe spüren.

Hinter den gepanzerten Türen drängte sich eine Menge von Assistenten und Geheimdienstmitarbeitern, die auf weitere Befehle warteten. Auf der anderen Straßenseite sammelten sich Journalisten wie Geier um eine Legende, die im Begriff war zu fallen.

– Kann mir jemand erklären, was hier passiert? – fragte der Präsident, seine Stimme war leise, aber scharf wie ein Messer, das die Stille zerschnitt.
Emily Wong, Analystin der NSA, rückte ihre Brille zurecht, als würde ihr das mehr Sicherheit geben. Ihre Hände zitterten leicht, doch ihre Stimme blieb unbeirrt.
– Herr Präsident – begann sie – wir sind Zeugen einer globalen Finanzkrise, die offenbar das Ergebnis eines koordinierten Angriffs auf den Dollar ist. Die Analyse weist auf Aktivitäten aus Russland und China hin, aber wir schließen andere Akteure nicht aus. Das Ziel ist die Dedollarisierung – die Schwächung des Dollars als Leit- und Reservewährung. Was wir beobachten, ist eine massive Kapitalverlagerung in Kryptowährungen, Rohstoffe und alternative Zahlungssysteme.
Auf dem Bildschirm neben ihr erschien eine Weltkarte, übersät mit roten Punkten, die die Epizentren verdächtiger Transaktionen markierten. Die Diagramme stürzten ab, die Werte schmolzen dahin wie Gletscher in der arktischen Sonne. Auf den Monitoren blinkten Warnmeldungen: Asiatische Märkte im Crash: Hang Seng -14 %, Nikkei -18 %. Londoner Börse stoppt den Handel.

Der Präsident lehnte sich im Stuhl zurück und durchbohrte die Anwesenden mit seinem Blick.
– Wie sehen die Prognosen aus? – fragte er, ohne zu versuchen, die Anspannung in seiner Stimme zu verbergen.
Richard Mason, Chief Operating Officer der FED, erhob sich und ging an die Spitze des Raumes. Auf dem Bildschirm

hinter ihm erschienen Grafiken, die die Einbrüche an den globalen Märkten zeigten.
– Die Prognosen sind katastrophal, Herr Präsident. Wenn der Dollar seine Stabilität verliert, werden andere Währungen wie Dominosteine fallen. Das betrifft nicht nur Amerika – das betrifft die ganze Welt. – Mason schwieg einen Moment und blickte auf den Bildschirm. – Wir haben die FED-Reserven aktiviert, aber das ist nur eine kurzfristige Maßnahme. Ohne globale Unterstützung werden wir diese Krise nicht überstehen.

Einen Moment lang herrschte Stille im Krisenraum, nur unterbrochen von einem leisen Räuspern und dem Rascheln von Dokumenten.
– Und was ist mit der nationalen Sicherheit? – fragte der Präsident und sah General Carter an, den Oberbefehlshaber der Streitkräfte.
General Carter stützte sich auf den Tisch und sprach mit tiefer, bedrohlicher Stimme.
– Herr Präsident, wenn Russland oder China hinter diesem Angriff stecken, dann ist das nicht nur eine Finanzfrage. Das ist Cyberkrieg. Ein Versuch, unseren globalen Einfluss zu zerstören. Wir befürchten, dass der nächste Schritt Angriffe auf kritische Infrastruktur sein werden – Energie-, Kommunikations- und Transportsysteme.

Der Präsident presste die Zähne zusammen, bemüht, die Angst nicht zu zeigen, die ihm die Kehle zuschnürte. Stattdessen verhärtete sich sein Blick.
– Was bedeutet das für die Menschen auf den Straßen? –

fragte er.
Emily antwortete ohne Zögern:
– Herr Präsident, die Börsen können geschlossen werden, aber die Panik hat keine Türen. In New York und Los Angeles heben die Menschen bereits ihre Ersparnisse ab. Doch unsere Maßnahmen beginnen zu wirken: Nach Yellens Rede über Liquiditätsgarantien ist die Abhebungsrate um 30 % gesunken.
Das Leak an die Financial Times über russische Fonds hat auch einen Teil des algorithmischen Angriffs gestoppt. Die Banken halten stand, wenn wir den Druck aufrechterhalten.

Der Präsident stand langsam auf:
– Wird die SEC-Firewall die erneute Eröffnung der Nasdaq aushalten?
Richard Mason nickte:
– Sie läuft auf voller Leistung. Sie hat bereits 82 % der verdächtigen, nach dem Muster des gestrigen Angriffs getätigten Transaktionen erkannt und blockiert. Das verschafft uns Zeit..., löst aber nicht das Kernproblem.
General Carter fügte hinzu:
– Der Angriff auf Kommunalanleihen hält an. Der unbekannte Spieler hat weitere 12 Milliarden an Junk Bonds mit Abschlag auf den Markt geworfen. Das untergräbt das Vertrauen in die Fundamentaldaten.

Der Präsident schlug mit der Faust auf den Tisch:
– Rufen Sie die G20 im Notfallmodus zusammen. Ich werde die Beweise der NSA über russische Einmischung und chi-

nesische Deepfakes vorlegen. Wenn wir diese Kanäle nicht gemeinsam blockieren und die Vermögenswerte der Täter einfrieren, verlieren wir alles.
– Das ist nicht Amerikas Krise. Das ist die Krise der Welt. Wir müssen zusammenhalten.

Der Raum erstarrte. In den Gesichtern der Berater spiegelte sich stilles Verständnis, und die Atmosphäre war schwer vor Anspannung. In der Ferne, irgendwo in den Korridoren des Weißen Hauses, ertönte das Läuten eines Telefons, als wolle die Außenwelt in diesen kontrollierten Chaos-Kokon eindringen.

Draußen, unter den Scheinwerfern der Kameras, warteten Reporter auf ein Zeichen. In der Dunkelheit blinkten die Lichter der Polizeifahrzeuge. Die Menge wuchs, und im Rauschen der Reporter schälte sich eine Frage heraus: Ist das das Ende der Dollar-Ära? Die Lichter im Krisenraum leuchteten kalt, aber hinter den Fenstern lauerte die Dunkelheit, bereit, alles zu verschlingen.

Die letzte Stunde vor Mitternacht

Annas Büro, Lower Manhattan, 22:45 Uhr

Die Uhr an der Wand zählte die Minuten herunter, und die Stille in Annas Büro schien fast greifbar. Die Müdigkeit machte sich bemerkbar – ihre Lider wurden schwerer, und ihr Rücken war steif von den stundenlangen Sitzungen vor dem Bildschirm. Auf dem Computerbildschirm liefen weiterhin Daten durch, die sich längst in eine einzige unverständliche Zahlenkolonne verwandelt hatten. Doch Anna hörte nicht auf – jedes weitere Puzzleteil könnte das entscheidende sein.

Die Tür öffnete sich mit leisem Quietschen. In der Tür stand David Miller, hochrangiger Vertreter der FED. Sein eleganter Anzug stand im Kontrast zu dem müden Ausdruck in seinem Gesicht.

– Anna, wir müssen reden – sagte er und schloss die Tür hinter sich.

Anna hob den Blick vom Bildschirm und sah ihn fragend an.

– Was ist los? – fragte sie und strich ihre Bluse glatt.

David trat näher, legte eine Mappe auf ihren Schreibtisch. Darin befanden sich detaillierte Karten Europas sowie Dokumente mit den Siegeln der NATO und der FED.

– Der Nationale Sicherheitsrat, die Europäische Union und der Präsident haben die Einrichtung eines internationalen Krisenteams auf dem NATO-Stützpunkt Ramstein genehmigt – begann er und zeigte auf die Karte mit dem markierten Standort in Deutschland.

– Deine Berichte waren entscheidend, um die Angriffsmuster zu identifizieren. Die Entscheidung ist gefallen: Du fliegst dorthin, um mit einem Team von Experten aus aller Welt zusammenzuarbeiten. Dort erhältst du vollen Zugang zu den Daten unserer Verbündeten.

Anna blickte auf die Karte, ihr Blick blieb auf dem roten Punkt haften, der den Stützpunkt markierte.

– Warum ich? – fragte sie und versuchte, ihre Emotionen

zu kontrollieren. – Sie haben doch Dutzende von Analysten. David setzte sich ihr gegenüber und öffnete den obersten Knopf seines Sakkos.
– Weil kaum jemand diese Muster so gut kennt wie du. Du warst eine der Ersten, die die Anomalien in den Finanzflüssen entdeckt haben. Deine Analysen haben nicht nur bestätigt, dass etwas nicht stimmt, sondern auch mögliche Handlungsrichtungen der Täter aufgezeigt. In Ramstein wirst du Zugang zu allen Daten von NATO, SEC und FED haben. Wenn wir irgendwo Antworten finden, dann dort.

Anna holte tief Luft und spürte, wie ihr Herz schneller schlug. Deutschland. Ein internationales Krisenteam. All das klang wie aus einem Film – und doch war es Realität.
– Und wenn das, was wir finden, anders ist als das, was wir erwarten? – fragte sie und sah David an.
Der Mann lächelte schwach, als hätte er die Antwort längst gekannt.
– Dann müssen wir auf alles vorbereitet sein. Dein Flug geht um acht Uhr morgens. Claire und Daniel fliegen ebenfalls.
Aber bevor du hier gehst, weiß ich, dass du noch etwas zu erledigen hast. Das Treffen um 23:00 Uhr, richtig? – fragte er mit hochgezogenen Augenbrauen.

Anna erstarrte einen Moment. Sie war sich fast sicher gewesen, dass nur sie von der Nachricht wusste, die sie erhalten hatte.
– Woher weißt du das? – fragte sie mit einem leichten

Anflug von Spannung in der Stimme.
David sah sie ernst an.
– Du bist seit den ersten Minuten eine Schlüsselperson in der Analyse dieser Krise. Zu deiner Sicherheit und zur Sicherheit der Operation wird deine Kommunikation vorübergehend überwacht. Aber ich werde nicht ins Detail gehen. Pass einfach auf dich auf – sagte er, stand auf und richtete sein Sakko.

Nach diesen Worten verließ er den Raum und ließ Anna mit ihren Gedanken und der beunruhigenden Nachricht auf ihrem Telefon zurück.

Treffen mit dem Bullen

Die nächtliche Stadt schien in ihrem eigenen, ruhigen Rhythmus zu atmen, doch Anna hatte das Gefühl, dass jedes Geräusch, jede Bewegung der Luft etwas Unheilvolles in sich trug – vielleicht war es Intuition, vielleicht schon bloße Erschöpfung. Die Straßenlaternen warfen warmes, gelbes Licht auf das nasse Pflaster, das nach dem jüngsten Regen wie ein dunkler Spiegel glänzte. Die Luft war kühl, durchzogen vom metallischen Geruch der Feuchtigkeit und dem fernen Echo von Abgasen.

Die Statue des stürmenden Bullen wirkte größer als sonst – seine massive Silhouette, von den Laternen beleuchtet, warf einen langen Schatten auf den leeren Platz. Er war ein

Symbol für die Stärke des Marktes, für Hoffnung, doch in dieser Nacht erinnerte er an etwas Ursprünglicheres, fast Bedrohliches. Anna wartete, an ein Metallgeländer gelehnt, die Hände tief in den Manteltaschen vergraben. Sie zitterten, ohne dass sie wusste, ob vor Kälte oder Anspannung.

Sie blickte auf ihre Uhr. 22:59. Sie hatte noch einen Augenblick, bevor sich alles ändern konnte. Verschiedene Szenarien rasten ihr durch den Kopf – keines von ihnen endete gut. Die Nachricht des unbekannten Absenders war lakonisch, aber ließ keine Wahl:

„23:00. Bullenstatue. Die Wahrheit ist näher, als du denkst."

Aus der Ecke löste sich eine Gestalt. Ein großer Mann, in einen dunklen Mantel gehüllt, die Kapuze tief ins Gesicht gezogen. Seine Schritte waren leise, aber bestimmt, als wüsste er, dass die Nacht selbst dafür sorgen würde, dass seine Anwesenheit unbemerkt blieb. Er blieb ein paar Meter vor Anna stehen und hielt Abstand.

– Anna Senger – ertönte eine tiefe, ruhige Stimme, die perfekt in die nächtliche Stille zu passen schien.

Anna richtete sich auf, ihre Hände ballten sich in den Taschen.

– Kommt darauf an, wer fragt – antwortete sie kühl, bemüht, ihren beschleunigten Atem zu kontrollieren.

Der Mann hob den Kopf, doch das Licht der Laterne ließ ihr Gesicht nicht erkennen.

– Nenn mich Black Bull – sagte er mit tiefer, ruhiger Stimme, als sollte der Name allein als Antwort genügen.

Seine Haltung und sein Tonfall verrieten, dass er nicht mehr preisgeben würde, als er für nötig hielt.
– Ich bin hier, weil ich weiß, dass du nach der Wahrheit suchst, und ich kann dir den Weg zeigen.

Anna verengte die Augen, ihr Herz schlug schneller. Jedes seiner Worte trug ein Versprechen, aber auch eine Drohung.
– Warum sollte ich dir vertrauen? – fragte sie scharf.

Black Bull hob die Hand, in der er einen kleinen schwarzen USB-Stick hielt. Das Laternenlicht spiegelte sich im Metall und ließ ihn schwerer wirken, als er war.
– Darauf findest du alles, was du brauchst. Daten, die das wahre Ziel offenlegen. Transaktionsmuster, Verbindungen – sagte er leise, seine Stimme klang fast wie ein tiefes Brummen.
– Aber du musst eins wissen: Was du dort findest, wird deine Sicht auf alles verändern, was du bisher für wahr gehalten hast.

Anna sah auf den Stick, doch ihre Hand bewegte sich nicht.
– Warum gibst du mir das? Warum jetzt, und warum mir? – fragte sie und versuchte, aus seiner Haltung etwas zu lesen.

Der Mann bewegte sich ein wenig, sein Schatten verlängerte sich auf dem nassen Pflaster und verschmolz mit dem Schatten des Bullen.
– Weil ich weiß, dass du den Mut hast, den andere nicht haben – antwortete er nach einem Moment.
– Und weil du weißt, was wirklich wichtig ist. Aber vergiss

nicht: Was du findest, kann dich zerstören, wenn du nicht vorsichtig bist.

Anna streckte die Hand aus und nahm den Stick. Das Metall war kalt, als hätte es die ganze Kälte dieser Nacht aufgesogen.

– Und wenn das eine Falle ist? – fragte sie, ohne ihn aus den Augen zu lassen.

Der Mann drehte sich um, als wollte er nicht antworten. Nach ein paar Schritten blieb er stehen und sah über die Schulter.

– Denk an eines – in dieser Welt ist niemand völlig unschuldig. Nicht einmal du – seine Worte klangen wie eine Anklage, aber zugleich wie eine Warnung.

Bevor Anna etwas sagen konnte, war er im Schatten der Gebäude verschwunden.

Sie blieb allein zurück, stand unter der massiven Silhouette des Bullen, den USB-Stick in der Hand und tausend Fragen im Kopf. Ein kühler Windstoß erinnerte sie daran, dass die Zeit auf niemanden wartet. Sie blickte auf den Bullen, auf seine muskulöse Figur, und verstand, dass das, was gerade geschehen war, der Beginn eines Spiels war, dessen Regeln sie erst noch kennenlernen würde.

Anna verließ die Wall Street und spürte, wie die kühle Nachtluft sanft ihr Gesicht streifte. Die Stadt, die sonst vor Leben pulsierte, wirkte seltsam schläfrig. Nur ferne Lichter von Taxis und vereinzelte Schritte von Passanten erinnerten daran, dass New York niemals wirklich schläft. Die Kälte der Nacht drang durch ihren Mantel, doch die

Gedanken an das, was sie gerade von Black Bull erfahren hatte, lähmten sie mehr als das Frösteln.

Annas Schritte hallten auf den leeren Gehwegen wider, während sie in Richtung U-Bahn ging. Das Pflaster glänzte unter ihren Füßen, die Laternen warfen lange Schatten, die sich im Wind zu bewegen schienen. In ihrem Kopf kreisten immer wieder die Worte des Mannes – die Daten, die er ihr übergab, hatten das Potenzial, alles zu zerstören.

„Was du findest, wird alles verändern" – seine Stimme klang noch in ihrem Inneren nach.

Als sie die Treppen zur U-Bahn hinunterstieg, hörte sie das Grollen des einfahrenden Zuges. Sie betrat den fast leeren Wagen und setzte sich ans Fenster. Die Scheiben, von Schmutzstreifen überzogen, spiegelten ihr müdes Gesicht. Sie sah ihr eigenes Spiegelbild, doch in ihren Augen lauerte etwas Neues – eine Mischung aus Entschlossenheit und Furcht. In ihrer Hand hielt sie noch immer den USB-Stick, als wäre er der Schlüssel zu einem Schloss, das sie noch nicht öffnen konnte.

Nachtanalyse

Als sie schließlich in ihrer Wohnung ankam, war das Erste, was sie spürte, eine erdrückende Stille. Als würden die Wände jedes Geräusch verschlucken. Der Ort, der sonst ihre Oase der Ruhe gewesen war, wirkte jetzt leer und kalt, als spiegele er die Last der Ereignisse dieses Tages wider. Sie warf den Mantel über die Stuhllehne und stellte die Tasche auf den Boden. Auf der Küchenablage stand noch die Tasse mit dem ungetrunkenen Kaffee, den sie vor dem Weggehen stehen gelassen hatte. Er war kalt, und sein Geruch erinnerte Anna daran, wie viel sich seit ihrem Verlassen des Hauses verändert hatte.

Sie setzte sich an den Tisch und blickte auf den USB-Stick, den sie vor sich hingelegt hatte. Das Licht des Laptops warf einen sanften, pulsierenden Schein auf die dunkle Küche, als wolle es ihre Gedanken erhellen. Anna sah auf den Bildschirm – die Finanzberichte der letzten Tage waren noch geöffnet und erinnerten sie daran, wie viel Arbeit noch vor ihr lag. Doch jetzt hatte sie mehr als nur Daten – sie hatte Antworten, auch wenn sie noch nicht wusste, ob sie bereit war, sie zu erfahren. Mit zitternder Hand steckte sie den USB-Stick in den Port. Ein Gedanke schoss ihr durch den Kopf, dass es eine Falle sein könnte – ein Virus, gefälschte Daten, etwas, das sie noch tiefer in den Abgrund reißen könnte. Als sich jedoch der Ordner auf dem Bildschirm öffnete, atmete sie auf, auch wenn ihr Herz noch schneller schlug, als sie wollte. Der schlichte Name „Project Vortex" schien in seiner Banalität fast ironisch. Sie klickte die erste Datei, und auf dem Bildschirm erschienen Schemata von Finanzflüssen. Jede Linie, jede Zahl war wie ein Pfad, der zu einem verborgenen Ziel führte.

Der Laptopbildschirm pulsierte im Licht dynamischer Diagramme und Tabellen. Je weiter sie die Daten durchging, desto deutlicher erkannte sie etwas, das über zufällige Anomalien hinausging. Das Erste, was ihre Aufmerksamkeit fesselte, war ein Diagramm. Die Aktivität an den Kryptomärkten war sprunghaft angestiegen. Es erinnerte an einen Tsunami – einen plötzlichen Zufluss von Kapital, dessen Quelle im Dunkeln lag. Bitcoin, Ethereum, Ripple – alle schossen mit einer Intensität nach oben, die keinen Zweifel ließ. Das war kein Zufall. Jede Transaktion schien ein Tropfen in einer dunklen Welle zu sein, die im Rhythmus der Nacht anschwoll, als steuerten Schatten jenseits der Grenzen der USA dieses Chaos aus dem Verborgenen.

Anna starrte auf den Bildschirm. Ihr Finger schwebte über einem Wappensymbol. Irgendwo hatte sie das gesehen ... im Archiv der SEC? In einem Bericht über einen Skandal vor einem Jahrzehnt? Das Gedächtnis ließ sie im Stich, doch ihr Instinkt schrie: DAS IST DER SCHLÜSSEL. In ihren Ohren klangen noch die Worte von Black Bull: „Was du findest, wird alles verändern." Weitere Dateien eröffneten Anna das Bild faszinierender Transaktionen an den Rohstoffmärkten. Es waren Daten, die zunächst chaotisch wirkten, sich jedoch mit jedem weiteren Diagramm zu einem erschreckend logischen Puzzle fügten. Gigantische Käufe von Gold, Öl und Gas, mit Präzision ausgeführt, fielen zeitlich mit der heftigen Schwächung des Dollars zusammen.

Der Großteil dieser Transaktionen stammte von anonymen Gesellschaften – geisterhaften Gebilden, die an Orten registriert waren, wo das Recht nur eine Formalität war. Die IP-Adressen, die sie verfolgte, führten nach Russland und China – zwei globale Akteure, die scheinbar in einer dunklen Übereinkunft handelten.

Jede neue Datei offenbarte weitere Details – Transaktionen, die nachts durchgeführt wurden, wenn die Märkte am anfälligsten für Manipulationen waren. Öl wurde in Mengen gekauft, die eine Flotte von Tankern füllen konnten. Gold – das ewige Symbol der Stabilität – wechselte in die Hände unsichtbarer Spieler, als bereite sich jemand auf einen globalen finanziellen Reset vor. Anna spürte einen Schauder ihren Rücken hinablaufen. In ihrem Kopf wurde eine Frage immer lauter: Wer steckt, jenseits der sichtbaren Spuren, wirklich dahinter?

Russland und China waren an der Oberfläche sichtbar – ihre IP-Adressen und Transaktionsmuster sprachen für sich. Es waren Mächte, die sowohl die Mittel als auch die Motivation besaßen, das globale Finanzsystem zu erschüttern. Und doch wirkte etwas in diesem Puzzle zu perfekt, zu präzise. Als ob diese beiden Staaten nicht vollständig eigenständig handelten, sondern einem unsichtbaren Plan folgten – oder Teil eines größeren, koordinierten Vorgehens waren.

Am beunruhigendsten waren die IP-Adressen, die zu Orten führten, die als Epizentren von Cyberangriffen galten – Moskau, Peking, Singapur. Die Daten wiesen jedoch auf mehr hin als nur typische Hackeraktivitäten. Transaktionen, die mit Steueroasen wie den Marshallinseln oder den

Caymaninseln verbunden waren, schienen eine Nebelwand zu bilden, die tiefere Verbindungen verbarg.

Einige Transaktionen begannen in fernen, anonymen Orten, endeten jedoch immer an einem Ort – auf einem Konto, das zu einem nicht identifizierten Akteur gehörte, registriert im neutralen Schweiz. Es war wie ein Labyrinth, dessen alle Wege zu einem einzigen, zentralen Punkt führten.

Dieser Punkt – oder vielmehr das, was er symbolisierte – weckte die größten Befürchtungen. Es sah so aus, als hätte jemand bewusst ein System geschaffen, das nicht nur den Dollar destabilisierte, sondern auch die Kontrolle über Geldströme in nie dagewesener Größenordnung übernahm.

Anna spürte, wie ihr Herz schneller schlug. Die Daten waren wie ein zerbrochenes Mosaik: russische IPs, chinesische Server, Schweizer Konten … und dieses unheimlich vertraute Wappen. Wer verband diese Elemente?

Sie schloss die Augen und versuchte, alles im Kopf zu ordnen. Ihr Vater hatte immer gesagt: „Zahlen lügen nie, aber Menschen erschaffen sie." Jemand, der das geplant hatte, wusste genau, was er tat. Wer zog die Fäden? Warum war der Dollar das Ziel? War es möglich, dass dies nur eine falsche Spur war, die die Aufmerksamkeit auf Russland und China lenken sollte? Diese Fragen kreisten wie ein Echo in ihrem Kopf. Sie sah auf die Uhr – 2:43. Der Koffer in der Zimmerecke war noch unvollständig, und in ein paar Stunden sollte sie nach Deutschland aufbrechen.

Sie klappte den Laptop zu und blickte aus dem Fenster. Brooklyn schlief friedlich, ahnungslos gegenüber dem Sturm, der heraufzog. Das Licht der Straßenlaternen spiegelte sich in den Fenstern der Nachbargebäude und erzeugte die Illusion von Bewegung in der unbewegten Landschaft. Anna holte tief Luft, ging zum Koffer und begann zu packen. Sie nahm eine heiße Dusche und spürte, wie sie die Last dieses viel zu langen Tages von sich wusch. Jede Bewegung war mechanisch, als würde ihr Körper unabhängig von den Gedanken handeln, die in ihrem Kopf pulsierten.

In dieser Nacht wusste Anna eines – kein Schritt in diesem Spiel würde mehr einfach sein, und jede Entscheidung würde ihre Konsequenzen haben. Sie blickte noch einmal auf den USB-Stick, nun tief in der Tasche ihres Mantels verborgen. Er war nicht nur ein Symbol des Wissens, sondern auch des Risikos, das sie soeben eingegangen war. In dieser Stille schien Brooklyn ein regloser Zeuge der kommenden Ereignisse zu sein. Und das war erst der Anfang.

3

Wenn die Welt zusammenbricht

New York am Morgen erinnerte an das pulsierende Herz der Welt – voller Energie, Lärm und unaufhörlicher Bewegung. Aber an diesem Tag wirkte die Stadt, als hätte sie plötzlich den Atem angehalten. Die Stille war nicht vollkommen – man hörte einzelne Hupen, nervöser als gewöhnlich, und das Geräusch von Schritten hallte von den leerer werdenden Straßen wider. Das organisierte Chaos, das New York sonst definierte, hatte sich in etwas Unheimlicheres verwandelt.

Die Passanten bewegten sich mit schnellen Schritten, mit gesenkten Köpfen, als würden sie Blicken ausweichen. Schaufenster, sonst voll mit grellen Plakaten und ausgefallenen Dekorationen, zogen nun durch Zettel die Aufmerksamkeit auf sich: „Keine Ware" oder „Bis auf Weiteres geschlossen". Jedes Detail – vom stehen gelassenen Einkaufswagen bis zu den verschlossenen Café-Türen – schrie von dem Drama, das die Stadt allmählich erfasste.

Anna Senger saß auf dem Rücksitz eines Taxis und starrte aus dem Fenster. Draußen zogen Bilder vorbei, an denen man kaum vorbeisehen konnte. Ihr Blick wurde immer wieder von den Gesichtern der Menschen angezogen – versteinert, angespannt, mit einem Schatten von Panik. Die Stadt, die immer unzerstörbar schien, zeigte nun Anzeichen von Zerbrechlichkeit.

An einem Kiosk gestikulierte eine Gruppe von Leuten heftig, frische Zeitungen in den Händen. Die Schlagzeilen auf den Titelseiten waren wie Alarmwarnungen: „DOLLAR IM STURZ!", „WELTMÄRKTE IN PANIK", „GRÖSSTE KRISE SEIT 2008". Die Buchstaben waren groß, fast schreiend, und die Fotos zeigten leere Börsenbüros und Menschenmassen voller Verwirrung an der Wall Street. Inmitten dieser chaotischen Szene war die Stimme des Radios im Taxi zu hören:

„Der Dollar hat den niedrigsten Stand seit drei Jahrzehnten erreicht. Die Wall Street beendete den Handel gestern mit einem Rekordminus. Analysten warnen, dass die Auswirkungen global sein könnten ..."

Anna hörte schweigend zu und versuchte, ihre Gedanken zu ordnen. Alles, was sie bisher in den Daten gesehen hatte, nahm jetzt in der Realität Gestalt an. Das Chaos, das sie vorhergesehen hatte, hatte jede Straße der Stadt erreicht.

Das Taxi fuhr auf den Broadway, vorbei an vertrauten Orten, die noch vor Kurzem vor Leben pulsiert hatten. Ihr Blick erfasste das grüne Logo eines Cafés, das über Jahre hinweg zum Symbol des morgendlichen Rituals Tausender geworden war. Es zog immer Menschenmengen an – Geschäftsleute in Anzügen, junge Kreative mit Laptops, Familien mit Kindern, die sich eine heiße Schokolade holten. Becher mit dem charakteristischen Aufdruck waren fast so untrennbar mit New York verbunden wie gelbe Taxis. Doch heute war es anders. Durch die großen Glasfronten sah man Leere. Das Innere des Cafés, sonst voller Gespräche, Tassenklirren und leiser Musik, glich nun einem toten Raum. Kein Tisch war besetzt. Die Becher standen in Reihen bereit, als hofften sie, jemand käme doch noch, um seinen Mandelmilchkaffee abzuholen. Anna schaute genauer hin. Vor dem Eingang war niemand. Keine Schlangen, kein morgendliches Stimmengewirr. Niemand dachte jetzt an Cappuccino oder Espresso. Die Menschen rannten mit leeren Taschen zu Lebensmittelläden, auf der Suche nach Brot, Wasser, Konserven.

Noch vor einer Woche reichte diese Schlange bis auf den Gehweg hinaus – dachte sie und erinnerte sich an die Morgen, an denen sie selbst Teil davon gewesen war. Das Telefon in der Hand, nervöses Nachrichten-Checken, die Planung von Besprechungen – Kaffee war damals ein Symbol der Normalität, des täglichen Rituals, ohne das der Tag unvollständig schien. Jetzt machte ihr der Anblick der Leere im Café klar, wie leicht alles Vertraute überflüssig werden konnte, wenn das Überleben zur Priorität wurde. – Kein Luxus gewinnt gegen Chaos – dachte sie leise, während das Logo des Cafés im Hintergrund vorbeizog.

Draußen kämpfte eine Menschenmenge darum, in einen kleinen Lebensmittelladen zu gelangen. Einkaufstaschen, nervöse Blicke und hastige Schritte verrieten, dass es jetzt um die grundlegenden Bedürfnisse ging. Anna spürte ein Stechen der Unruhe. – Überleben ist jetzt das Einzige, was zählt – schoss es ihr durch den Kopf. Die Menschen im Café mit ihren Sorgen um die Wahl des Sirups für den Latte waren zur Erinnerung an die Vergangenheit geworden. Die Schlangen vor den Läden zeigten die neue Realität – brutal, ohne Bequemlichkeiten, konzentriert auf das Allereinfachste.

Das Taxi wurde in der Kurve langsamer, und Anna wandte den Blick vom leeren Café ab. Dieses Bild würde ihr lange im Gedächtnis bleiben – ein Symbol dafür, wie schnell die Welt ihre scheinbare Ordnung verlieren konnte. Früher zählten Rituale, jetzt zählte nur das Überleben.

Der Wagen hielt an einer roten Ampel neben einer Filiale einer großen Bank. Vor der Tür stand eine lange Schlange von Menschen, die aussahen, als wären sie seit den frühen Morgenstunden dort. Einige hielten Dokumente in der Hand, andere Telefone, und auf allen Gesichtern lag Sorge. Anna wurde klar, dass dies keine zufällige Schlange war. Das waren Menschen, die versuchten, ihre Ersparnisse abzuheben. „Bank-Run" – dieser Begriff kam ihr sofort in den Sinn. Sie wusste, dass solche Situationen oft Finanzkrisen begleiteten. Wenn Menschen das Vertrauen in das System verlieren, versuchen sie zu retten, was sie können, bevor alles zusammenbricht.

Anna beobachtete sie durch das geöffnete Fenster. Sie spürte, wie die Anspannung in der Luft lag, fast greifbar – wie der Moment vor einem Sturm.

– Das passiert nicht wirklich – murmelte ein älterer Mann im beigen Mantel, der am Taxi vorbeiging. Seine Stimme war müde, als versuche er, sich selbst zu überzeugen.

Eine Frau neben ihm schüttelte den Kopf und rang hörbar mit den Emotionen.

– Mein Mann hat seit Jahren gesagt, wir sollten die Ersparnisse zu Hause aufbewahren, aber wer hätte gedacht, dass eine Bank aufhören kann zu funktionieren?!

Vor der Tür versuchte der Sicherheitsmann, die Lage zu beruhigen, doch sein Gesicht verriet Müdigkeit und Unruhe.

– Bitte bewahren Sie Ruhe! Das System ist langsam, aber jeder wird bedient! – sagte er, doch seine Stimme war in der Menge kaum zu hören.

– Wir haben keine Zeit zu warten! – rief jemand vom Ende der Schlange, was Bewegung auslöste. Die Menschen drängten näher an den Eingang und bildeten einen engen Ring um die Türen.

– Sag das meinen Rechnungen! – rief jemand aus der Menge, und darauf folgten nervöse Lacher, die eher einem Abwehrreflex glichen als einer echten Reaktion.

In der Mitte der Schlange stritten zwei junge Männer laut:
– Ich hab dir gesagt, wir hätten es auf ein Konto in der Schweiz überweisen sollen, aber du – nein, weil das zu kompliziert ist!
– Ich kann nichts dafür, dass diese Bank eine verdammte Katastrophe ist! – entgegnete der andere und fuchtelte mit den Armen.

Anna hörte diese Worte, als wären sie die Bestätigung dessen, was sie in den Daten gesehen hatte. Die Schlange wurde länger, die Leute nervöser. Einige verlangten lauter Antworten, andere hielten den Kopf gesenkt, als könnten sie die Spannung nicht ertragen.

Das Taxi fuhr an, ließ den Anblick der Menge hinter sich. Anna spürte die Schwere, die nun ein ständiger Begleiter ihrer Gedanken zu sein schien. Das Chaos auf den Straßen war nur das Vorspiel zu dem, was kommen sollte. Die Krise beschränkte sich nicht mehr auf Börsencharts – sie traf die Menschen auf die einfachste, schmerzhafteste Weise.

Der Wagen mit Anna rollte langsam durch die verstopften Straßen, die immer weniger an die organisierte Maschinerie New Yorks erinnerten. Es war neun Uhr morgens, und die Stadt, die um diese Zeit normalerweise pulsierte, wirkte verängstigt. Mit jedem Block spürte Anna, wie die Spannung zäher wurde. Menschen auf den Gehwegen bewegten sich unruhig, viele hielten das Telefon ans Ohr und gestikulierten nervös. Im Inneren des Taxis herrschte Stille, nur unterbrochen vom leisen Summen ihres Telefons. Anna warf einen Blick auf den Bildschirm, auf dem weitere Benachrichtigungen mit Schlagzeilen wie „DOLLAR AM RAND DES ZUSAMMENBRUCHS“ und „GLOBALES CHAOS“ erschienen, als wollten sie an das unvermeidliche Ende der Stabilität erinnern. Der nächste Alarm: „TRENDING: #EmptyShelvesNYC“. Sie klickte – ein Video zeigte ein Supermarktregal, auf dem nur noch eine einsame Dose Ananas stand. Darunter der Kommentar: „Das ist mein Laden!“ Ein weiteres Video: ein wackeliger Clip vor einer Bank, aus der Perspektive der Menge gefilmt. #NoCash war zu einem globalen Hashtag geworden. Sie holte tief Luft, versuchte die Gedanken zu beruhigen, doch der Anblick leerer Schaufenster und geschlossener Türen ließ die Anspannung den ganzen Raum ausfüllen.

Der Taxifahrer, ein älterer Mann mit ergrautem Haar, blickte nervös in den Rückspiegel. Seine Hände krampften sich um das Lenkrad.

– Hart heute, oder? – warf er hin, um die Stille zu durchbrechen, die langsam peinlich wurde. Seine Hände umklammerten das Lenkrad, und in seiner Stimme schwang Unruhe.

– Ich fahre seit 20 Jahren in dieser Stadt, aber so einen Tag kann ich mich nicht erinnern. Selbst nach den Anschlägen 2001 gab es weniger Chaos. Die Leute hielten damals wenigstens zusammen, und jetzt ... – er brach ab, schüttelte den Kopf, als wolle er den Gedanken nicht zu Ende führen.

Anna zögerte, bevor sie antwortete.
– Das ist erst der Anfang – sagte sie leise. In ihrem Kopf rechnete sie Szenarien durch: Wie lange würde das System durchhalten, bevor es zum völligen Stillstand käme? Sie wusste, dass jeder Tag Verzögerung bei den Reaktionen der Behörden einen Schritt näher an den Abgrund bedeutete.
– Als hätte die Stadt den Atem angehalten – fügte er hinzu, ohne auf eine Antwort zu warten.
– So etwas habe ich noch nie gesehen, nicht einmal nach der Krise 2008.

Anna atmete ein, versuchte den Puls der Anspannung zu beruhigen. Die Worte des Fahrers kreisten in ihrem Kopf wie eine hartnäckige Melodie. Jedes Bild des Chaos, das bisher nur abstrakte Zahlen gewesen war, materialisierte sich vor ihren Augen und erinnerte sie daran, dass hinter den Daten Menschen stehen, und dass Chaos Gesichter hat.

Das Taxi hielt an einer roten Ampel. Durch die Scheibe bemerkte Anna eine Schlange vor einem kleinen Lebensmittelladen. Menschen, meist mit Einkaufstaschen, standen angespannt an. Sie sprachen nicht miteinander, mieden Blickkontakt. Eine Frau mittleren Alters zählte nervös ihr Geld in den Händen, als würde sie sicherstellen, es nicht zu verlieren. Die Schlange bewegte sich langsam, als sei jeder Schritt nach vorn mit Verzweiflung bezahlt. Die Gesichter waren blass und angespannt, die Augen warfen misstrauische Blicke auf andere – jeder fürchtete, nicht mehr rechtzeitig dran zu kommen, bevor die Regale völlig

leergeräumt wären. Anna öffnete das Fenster des Taxis.
– Angeblich ist dort an der Ecke schon alles ausverkauft – sagte ein älterer Mann vorne in der Schlange; seine Stimme klang wie ein leiser Alarm, der die Unruhe noch verstärkte. Die Leute begannen nervös, sich umzusehen, als fürchteten sie, jemand könnte ihnen zuvorkommen. In der Luft hing der schwere Geruch von Schweiß und Anspannung, als wäre der Laden zu einer stickigen Falle geworden.

Anna bemerkte eine Frau am Konservenregal, die fieberhaft die letzten Waren durchsuchte. Ihre Finger krallten sich um eine Dose Bohnen, als wäre sie die letzte Chance zu überleben. Die Gespräche in der Schlange schwollen an, eine chaotische Symphonie aus Sorgen und Verzweiflung.
– Die Menschen verlieren das Vertrauen ins System – sagte sie leise.
Und ohne Vertrauen existiert das System nicht mehr. Vertrauen. So zerbrechlich, und doch darauf war die ganze Macht der Finanzwelt gebaut. Ohne Vertrauen gab es keine Börse, keine Banken, keine Wirtschaft. Anna wusste, dass jede Zahl, jeder Chart, jede Prognose auf diesem einen immateriellen Fundament ruhte. Und jetzt, da dieses Fundament riss, zerfiel die Welt wie ein Kartenhaus.

Das Taxi setzte sich wieder langsam in Bewegung, eine Minute später fuhren sie an einer der Haupt-Stationen der U-Bahn vorbei, wo sich eine Menge wie aufgetürmte Wellen stauchte – die Menschen drängten gegen die Eingangstüren, und ihre Schreie hallten an den umliegenden

Gebäuden wider. An den Fenstern der Station hatte jemand hastig Zettel mit handschriftlichen Mitteilungen angeklebt: „WEGEN SYSTEMAUSFALL GESCHLOSSEN". Die Menge wollte jedoch nicht weichen – einige wedelten mit den Armen, andere versuchten, die Türen aufzubrechen, als sei die Hoffnung, unter die Erde zu gelangen, ihr letzter Rettungsanker. Das Krachen brechender Schlösser und das Klirren splitternden Glases drang ins Taxi, sodass Anna instinktiv den Blick abwandte und das Fenster schloss.

– Was ist los? – fragte sie den Fahrer.

– Die U-Bahn haben sie zugemacht. Wahrscheinlich wieder ein Problem mit den Zahlungen. Einige Stationen funktionieren nicht, weil das Kreditkartensystem spinnt – erklärte der Mann und zuckte mit den Schultern.

– Ich dachte, diese modernen Technologien wären zuverlässig. Von wegen!

In diesem Moment ertönte ein lauter Knall. Die Menge drückte gegen die Türen, die im selben Augenblick unter dem Druck nachgaben. Anna erhaschte den Moment, in dem der Sicherheitsmann erschrocken zurückwich und versuchte, die Menschen aufzuhalten. Das Geschrei schwoll an, als die Leute ins Innere stürmten, einige stolperten auf den Treppen.

– Wir haben's drauf! Haut die Likes rein! – brüllte ein junger Mann mit Kapuze und richtete die Linse auf die in die Station eindringende Menge. Im Hintergrund waren hysterische Rufe zu hören:

– Taggt #NYCchaos! Soll's jeder sehen!

Anna versuchte, ihren Atem zu kontrollieren. Sie spürte die Spannung in der Luft, wie vor einem Sturm. Das Chaos wuchs.

– Das erinnert mich an etwas, woran ich lieber nie erinnert würde. Als wären wir wirklich am Rand eines Krieges.

Anna schloss die Augen, als das Taxi weiterfuhr. Vor ihrem inneren Auge sah sie den Sicherheitsmann, der versuchte, Ordnung zu halten, während die Menschen sich drängten, um in das geschlossene U-Bahn-System zu gelangen. Die Unordnung, die sie in den Daten gesehen hatte, entfaltete sich nun vor ihren Augen.

Der Wagen fuhr durch weitere Stadtteile New Yorks. Sie passierten weitere Läden, Banken und Restaurants, vor denen sich Menschen versammelt hatten. Vor einem der Geschäfte war die Menge größer als sonst – die Schlange reichte bis zur Kreuzung.

– Ich hätte nicht gedacht, so etwas einmal live zu sehen – sagte der Fahrer und deutete mit dem Kopf auf die Versammlung.

– Die Welt verändert sich schneller, als wir ihr folgen können – antwortete Anna; ihre Stimme war ruhig, fast gleichgültig, als wolle sie die Emotionen abkoppeln.

– Noch vor einer Woche rannten alle auf einen Kaffee, planten den nächsten Urlaub, beschwerten sich über Staus. Und heute? Verzweiflung. Kampf ums Nötigste.

Anna starrte durch die Scheibe. Die Menschen in der Schlange waren unterschiedlich – junge, alte, in Anzügen und Alltagskleidung. Aber alle hatten denselben Gesicht-

sausdruck – Anspannung gemischt mit Sorge.
– Bitte bewahren Sie Ruhe! – rief ein Mitarbeiter des Ladens am Eingang, doch seine Stimme ging im Stimmengewirr und Geschrei unter.
– Wir haben keine Zeit! Wir müssen Vorräte anlegen! – rief ein Mann an der Spitze der Schlange, und seine Stimme zitterte vor Emotion.
Anna bemerkte eine junge Frau, die das Telefon ans Ohr drückte und nervös am Ärmel ihrer Jacke zerrte.
– Ich finde kein Wasser! Alles ausverkauft! – schrie sie jemandem über die Straße zu, ihre Stimme wurde immer schriller.

Der Taxifahrer bog in eine Seitenstraße ab, um die Menge zu umfahren.
– Ich fange an, selbst Angst zu bekommen – sagte er leise, mehr zu sich als zu Anna.

Anna massierte die Schläfen und versuchte, die Gedanken zur Ruhe zu bringen. Sie wusste, dass das Chaos, das sie hier sah, nur die Ankündigung dessen war, was die Welt erwartete. In Europa wuchs die Spannung, und die Märkte verloren an Stabilität. Sie war eine der besten Analystinnen – sie wusste, was Zahlen bedeuteten. Aber zum ersten Mal fühlte sie, als könne nicht einmal sie vorhersagen, was der nächste Tag bringen würde.

Das Taxi fuhr eine breite Rampe zur Autobahn hinauf und ließ den Lärm der Stadt hinter sich. Anna blickte zurück auf ein Bild, das sie jahrelang mit unveränderlicher Stärke und unendlichen Möglichkeiten verbunden hatte.

Die Wolkenkratzer Manhattans verschwanden langsam am Horizont, und der Rauch, der über den Dächern hing, verlieh der Stadtsilhouette einen fast apokalyptischen Anblick.

New York. Die Stadt, die niemals schläft. Das Herz der globalen Finanzwelt, der Kultur und der Macht. Jahrzehntelang war sie das Symbol für alles, was Amerika sein wollte – dynamischer Fortschritt, Stärke und Dominanz. Und jetzt? Sie war wie ein Koloss auf tönernen Füßen, wankend, unsicher in ihrem Fundament. Anna erinnerte sich an Worte aus ihrer Kindheit, als ihr Großvater die Geschichte von David und Goliath erzählte: „Die Größten fallen, wenn sie sich nicht um ihr schwächstes Glied kümmern."

Gedanken begannen sich zu drängen. Wie konnte es sein, dass ein Land, das so mächtige Finanzinstrumente geschaffen hatte, eine so starke Wirtschaft, sich in einem Moment hilflos anfühlte? Die Vereinigten Staaten – Welt-Hegemon – galten immer als unantastbar. Doch jetzt, da das Finanzsystem wankte, sah Anna das wahre Bild: ein Länder-Koloss, der seine Fundamente vernachlässigt hatte.

Sie blickte auf die Straße vor sich. Die Autobahn, sonst voll mit Autos, die in die Vororte fuhren, wirkte jetzt wie ausgestorben. Wo früher das ständige Dröhnen der Motoren zu hören war, herrschte nun Stille, nur vom Wind unterbrochen. Lastkraftwagen, die noch vor Kurzem Waren transportiert hatten, standen jetzt am Randstreifen geparkt, verlassen wie weggeworfene Spielzeuge. Anna starrte auf die leeren Fahrstreifen, die jetzt an Adern erinnerten, in denen kein Blut mehr floss. Ohne Lieferungen, ohne Warenströme verkommt die Zivilisation in diesen Zeiten zu nichts weiter als einer Ansammlung verzweifelter Individuen. An diesem Tag war die Leere auf der Straße ein Zeichen dafür, dass die Welt, die sie kannte, zu verdorren begann.

– Füße aus Ton – murmelte sie vor sich hin und sah zu, wie die Stadt in den Rückspiegeln verschwand.

Der Fahrer warf ihr über die Schulter einen Blick zu.

– Haben Sie etwas gesagt, Frau Senger?

Anna schüttelte den Kopf.

– Nichts Wichtiges. Ich denke nur darüber nach, wie schnell sich alles ändern kann.

Der Fahrer nickte.

– Stimmt. Niemand hätte gedacht, dass so etwas passieren kann. Selbst wir Amerikaner dachten, wir seien unzerstörbar.

Das Taxi beschleunigte und ließ die letzten Zeichen der Zivilisation hinter sich. Anna drehte sich noch einmal um. Die Wolkenkratzer verschwanden hinter der Horizontlinie, und mit ihnen verschwand die Illusion von Sicherheit, die die Stadt über Jahrzehnte geboten hatte. Leere dort, wo immer Leben war, Stille dort, wo immer Lärm herrschte. Das war kein Anblick, den man vergisst. Das war der Anblick einer Welt, die unterging.

„Amerika – Hegemon auf tönernen Füßen“, dachte sie. So stark und zugleich so zerbrechlich. Seufzend schloss sie die Augen.

Es war 9:30, als das Taxi auf die Zufahrtsstraße zum Flughafen einbog.
– Wir sind gleich da – sagte der Fahrer und unterbrach die Stille.
Anna öffnete die Augen, sah ihn an und nickte.

Das Taxi bog plötzlich ab, und ringsum tauchten hohe Zäune und Warnschilder auf. Anna richtete sich im Sitz auf und warf instinktiv einen Blick auf die Uhr. Sie näherten sich einem militärischen Flugplatz.

Durch das Fenster sah sie bewaffnete Wachen am Tor. Ihre Silhouetten waren steif, die Blicke wachsam. Dahinter sah man Hangars und Startbahnen, auf denen sich die massigen Umrisse von Transportflugzeugen abhoben.

Der Fahrer fuhr an den Rand und hielt direkt vor dem Kontrollpunkt. Ein Wachmann trat an den Wagen, der Fahrer ließ das Fenster herunter.
– Passagierin für einen Militärflug nach Europa – sagte der Mann und reichte die Papiere hinüber.
Der Wachmann prüfte sie zügig, dann wanderte sein Blick zu Anna.
– Bitte steigen Sie aus und begeben Sie sich zur Kontrolle – sagte er in einem Ton, der keinen Widerspruch duldete.

Anna stieg aus und spürte erneut die Kühle der Morgenluft im Gesicht. Sie griff nach der Tasche auf dem Rücksitz und sah den Fahrer an.
– Danke für die Fahrt – sagte sie kurz.
Der Mann nickte.
– Alles Gute und viel Erfolg, Frau Senger.

Am Tor durchlief sie schnell die Sicherheitskontrolle. Der diensthabende Offizier stellte keine überflüssigen Fragen, doch die Atmosphäre war spürbar angespannt. Als sie die Startbahn erreichte, wartete dort bereits ein Flugzeug – ein massiver, grauer Transporter mit den Abzeichen der United States Air Force. Die Laderampe war heruntergelassen, und das Personal war in Bewegung, überprüfte die letzten Details vor dem Start. Anna blieb einen Moment stehen und blickte auf das Flugzeug. Das war der nächste Schritt ins Unbekannte – nicht nur für sie, sondern für die ganze Welt, die allmählich außer Kontrolle geriet. Sie holte tief Luft und ging dann auf die Rampe zu, bereit für den nächsten Abschnitt ihrer Reise. Hinter ihr pulsierte in der Ferne die Stadt in chaotischem Leben. Vor ihr lagen Stille und das Dröhnen der Triebwerke, die einen momentanen Frieden in der Luft verhießen.

4

Das Tor zu Europa

Die Rollos an den Flugzeugfenstern waren heruntergelassen, und die Kabine lag in einem Halbdunkel, das an Nacht erinnerte, obwohl irgendwo hinter dem Horizont Tag herrschte. Das Dröhnen der Triebwerke wirkte beruhigend. Anna lehnte den Kopf an die Kopfstütze des Sitzes, atmete tief den Geruch von Flugzeugkaffee ein und erlaubte sich, die Augen zu schließen.

Die letzten Tage waren für sie intensiv gewesen – zu intensiv, um überhaupt an Ruhe zu denken. Jetzt, in dieser engen Kabine eines Militärflugzeugs, vom Rest der Welt abgeschirmt, konnte sie sich für einen Moment eine Pause erlauben. Gedanken an die Daten, die ihr Black Bull geschickt hatte, huschten wie ein Schatten durch ihr Bewusstsein. Sie hatte sie so intensiv analysiert, dass Zahlenfragmente und Diagramme sogar im Halbschlaf vor ihren

Augen aufzutauchen schienen. Bull hatte auf neue Anomalien hingewiesen, weitere falsche Konten und beunruhigende Muster. Anna wusste, dass die gesammelten Daten der Schlüssel waren, doch ihre Komplexität sorgte dafür, dass sie das Gesamtbild noch immer nicht erkennen konnte. Sie schlief ein. Als sie die Augen öffnete, fühlte sie sich überraschend erholt. Einzelne Lichtstreifen drangen durch die Fenster, und das Flugzeug begann langsam zu sinken. Sie holte tief Luft – sie war bereit.

Daniel lehnte sich zurück, den Blick fest auf die auf seinem Bildschirm leuchtende Karte gerichtet. Ohne den Blick abzuwenden, murmelte er:

– Ich schlafe nicht, wenn die Welt brennt – erwiderte er und zeigte in einem Lächeln zusammengebissene Zähne.

Anna warf ihm einen Seitenblick zu und versuchte zu erspüren, ob das ein Scherz war oder Ernst.

Claire hob den Blick.

– Früher brannte die Welt nur im Fernsehen. Jetzt stehen wir mittendrin – sagte sie leise.

Daniel antwortete nicht. Er blickte auf die Karte auf dem Bildschirm und nickte zustimmend.

– Ramstein in fünf Minuten. Hier sehen wir uns vorerst zum letzten Mal. Ich habe meine Mission und ihr eure. Viel Erfolg.

– Viel Erfolg – antwortete Anna, ohne sich allzu sehr darauf zu konzentrieren, was Daniel vermitteln wollte.

Sie blickte aus dem Fenster. Das Flugzeug sank immer tiefer, und die Landschaft wandelte sich von gleichförmigen Wolken zu den lebendigen, grünen Hügeln der Pfalz. Reihen von Rebstöcken ordneten sich zu geometrischen Mustern, die sich sanft über die Hänge zogen. In der Ferne zeichneten sich die Konturen der Ruinen des Klosters Limburg ab – steinerne Mauern, die die Zeiten des Mittelalters überdauert hatten. Noch weiter dahinter schimmerte die Burg Hardenburg, die wie ein Wächter vergangener Jahre über der Gegend zu thronen schien. Anna spürte einen Druck im Herzen. Der Anblick von Bad Dürkheim war wie einem Erinnerungsbild entnommen: kleine, weißgetünchte Häuser, umgeben von Steinmauern, Wege, die sich durch Felder und Weinberge zu stillen Dörfern schlängelten. Das Haus ihrer Schwester Hanna hatte sich immer durch den Garten voller Rosen ausgezeichnet, und aus dem Küchenfenster strömte der Duft frisch gebackenen Kuchens. Sie erinnerte sich an Spaziergänge im Park – an die Wege im Schatten der Bäume, an die Bänke bei den Springbrunnen. Einen Augenblick lang meinte sie fast, das Lachen ihrer Nichte Sara zu hören, die auf dem Rasen spielte.

Das Flugzeug landete auf dem Rollfeld der NATO-Basis in Ramstein. Anna schloss die Augen, um noch einen Moment Kraft zu schöpfen. Sie spürte, wie die Sehnsucht nach Ruhe in ihr anschwoll, nach Einfachheit und der Vorhersehbarkeit eines Tages. Sie blinzelte und verscheuchte diesen Moment der Schwäche. Als die Räder die Erde berührten, war sie wieder die starke Anna, die die Welt kannte – eine Analystin, bereit, dem Chaos entgegenzutreten, koste es, was es wolle. Die Lichter in der Kabine gingen an, und Anna und die übrigen Passagiere sammelten ihre Sachen. Als sie die Treppe hinab auf das Rollfeld stieg, spürte sie den kalten Windstoß. Trotzdem war da eine seltsame Wärme. Sie befand sich auf europäischem Boden, an einem Ort, den sie kannte, der ihr jedoch fremd erschien. Ein Militär-SUV wartete bereits auf sie, Daniel und Clair. Das Fahrzeug setzte sich in Richtung NATO-Kommandozentrum in Bewegung. Anna schwieg und beobachtete die Landschaft draußen. Als sie an einem Wegweiser vorbeifuhren, der in Richtung vertrauter Orte zeigte, spürte sie ein Stechen im Herzen. Sie war so nah bei der Familie, doch die Zeit drängte.

– Jetzt ist kein Platz für Sentimentalität – sagte sie leise zu sich selbst und band ihr Haar zu einem strengen Knoten zusammen.

Der SUV fuhr auf das Gelände der NATO-Basis – Betongebäude und Soldaten in Uniform warfen lange Schatten im Licht der späten Nachmittagssonne. Anna wusste, dass sie hier die nächsten Tage, vielleicht Wochen verbringen würde.

Zeit ist Geld – dachte sie mit einem bitteren Lächeln. Doch in diesem Moment schien die Zeit einen anderen Wert zu haben – Zeit war alles.

Die NATO-Basis in Ramstein war wie eine Festung der Zukunft, einer der wichtigsten strategischen Punkte Europas. Sie lag auf weitläufigem Gelände, umgeben von dichten Wäldern und sanft ansteigenden Hügeln. Ein hohes

Stahlzaun-System mit Bewegungsmeldern und Wärmebildkameras bildete die erste Verteidigungslinie gegen jede Bedrohung. Durch das Haupttor führte eine Kontrollstelle, an der Wachen in Tarnuniformen Ausweise und Passierscheine mit beinahe mechanischer Präzision überprüften.

Im Innern des Komplexes befanden sich Hangars für F-35-Kampfjets und gewaltige C-17-Globemaster-III-Transporter, startbereit zu jeder Zeit. Das Kommandozentrum, mit einem Serverraum, der dem Herz der gesamten Operation glich, sammelte und analysierte Satellitendaten und bildete die Welt in Echtzeit ab.

Der SUV hielt auf einer Betonrampe vor dem Hauptgebäude. In der Ferne war das tiefe Grollen von Flugzeugtriebwerken zu hören. Claire, die neben ihr ging, hatte einen konzentrierten Gesichtsausdruck.

Das Innere des Kommandozentrums erinnerte an ein futuristisches Operationszentrum: ein mehrstöckiger Saal mit Reihen von Monitoren, an denen Analysten und Militärs saßen. Auf den Bildschirmen wurden wirtschaftliche Daten, Karten von Kapitalströmen und Bilder dargestellt, die die Spannungen auf den Straßen weltweiter Metropolen zeigten.

Am Haupttisch stand General Ethan Grayson – groß, mit durchdringendem Blick und einer Stimme, die schon für sich genommen wie ein Befehl klang. Der Saal verstummte, als er die Hand hob.

– Wir stehen vor der größten Finanzkrise seit der Großen Depression der 1930er Jahre – begann er ohne

Umschweife.

– Die Geschichte lehrt uns, dass ein Crash nie mit einem einzigen Ereignis beginnt, sondern mit einer Reihe von Vorkommnissen, die eine Lawine bilden. 1929 genügte die Panik an der Wall Street, um die Welt anzuhalten. 2008 war der Fall von Lehman Brothers der Beginn eines globalen Tsunamis, der Millionen Menschen ins Verderben riss.

Grayson blickte auf die Karte, die hinter ihm auf dem Bildschirm eingeblendet war – Krisenmarkierungen pulsierten in Rot.

– Doch heute erleben wir etwas weitaus Komplexeres. Was wir sehen, sind präzise geplante Angriffe auf die Finanzsysteme, die die Grundlagen globaler Stabilität unterminieren.

Grayson trat einen Schritt zur Seite und deutete auf einen Mann im dunklen Anzug. Jonathan Kraft, Chefanalyst des Internationalen Währungsfonds, trat ans Pult.

Kraft blickte in den Saal und begann in ruhigem, doch bestimmtem Ton:

– Die Große Depression der 30er Jahre war das Ergebnis einer Spirale aus Insolvenzen, Arbeitslosigkeit und panikartigem Kapitalabzug. 2008 hatten wir es mit dem Platzen einer Hypothekenblase und dem Zusammenbruch von Instituten zu tun, die „too big to fail" waren. Jetzt sehen wir etwas, das es noch nicht gab – den Kollaps nicht von Banken, sondern ganzer Staaten.

Auf dem Bildschirm erschien eine interaktive Karte, auf der rote Linien den Kapitalabfluss aus US-Staatsanleihen hin zu alternativen Märkten – Yuan und Gold – kennzeichneten.

– Der Dollar hat innerhalb von zwei Tagen 30 % seines Wertes verloren. Zentralbanken verkaufen ihre Reserven in panischem Tempo, was zu einer Verknappung der Liquidität und einem finanziellen Stillstand führt.

Kraft hielt kurz inne, und sein Blick blieb an Anna hängen, die hinten vorbeiging.

– Die Geschichte wiederholt sich, aber diesmal hat jemand den Lauf der Ereignisse beschleunigt.

Grayson sah zu Kraft.

– Danke, Jonathan. Emily?

Emily Wong, NSA-Spezialistin für Cybersicherheit, trat an das Pult. Ihr Blick wanderte über die Versammelten, bevor sie zu sprechen begann:

– Der Cyberspace ist das zweite Schlachtfeld in dieser Krise. In den letzten 24 Stunden haben wir über 60 Millionen Einbruchsversuche in Bank- und Börsensysteme registriert.

Auf dem Bildschirm erschien eine Karte, auf der die Punkte der Cyberangriffe wie glühende Glühlampen pulsieren.

– Diese Angriffe haben eines gemeinsam: die Transaktionsflüsse zu lähmen und Zahlungssysteme zu destabilisieren. Es handelt sich nicht um Zufälle – es ist eine komplexe und geplante Operation mit dem Ziel, Chaos auszulösen.

Anna setzte sich an einen Analystenplatz und hörte den Gesprächen der Führung aufmerksam weiter zu. Drei Monitore zeigten flackernde Indikatoren der NATO-Systeme, und die Sicherheitsoberfläche verlangte eine Berechtigungsbestätigung. Sie zog die Identitätskarte durch den Scanner, der grün aufleuchtete. Das tiefe, pulsierende Brummen der Server im Hintergrund erinnerte an den Atem dieses Ortes – des Zentrums der weltweiten Stabilisierung. Sie öffnete die kleine Tasche in ihrer Handtasche und holte den USB-Stick von Black Bull heraus. Einen Sekundenbruchteil zögerte sie. Sie steckte das Gerät in den USB-Port. Die LED am Stick leuchtete erst rot, dann wechselte sie auf Grün. Auf dem Bildschirm erschien ein Fenster mit einem verschlüsselten Ordner, der mit einem Labyrinth-Symbol markiert war – schlicht und doch beunruhigend, als wolle es andeuten, dass der Weg durch diese Daten verschlungen sein würde. Anna startete das NATO-Analyseprotokoll, das eine sichere Verarbeitung externer Daten ermöglichte. Zuerst ein Virenscan – keine bekannten Bedrohungen. Dann ein Tiefenscan des Codes – nichts Verdächtiges. – Okay, an die Arbeit – sagte sie leise zu sich selbst und klickte auf das Icon, das die Hauptdatei öffnete.

Der Inhalt des USB-Sticks entfaltete sich wie ein digitaler Kosmos – Tausende von Dateien mit Transaktionslogs, Börsenberichten und Aufzeichnungen des Datenaustauschs zwischen globalen Institutionen. Anna erkannte die Struktur – es waren Analyseskripte auf Vergleichsalgorithmen-Basis, entworfen, um Unstimmigkeiten in Kapitalbewegungen aufzuspüren. Sie betrachtete die Diagramme, die die Bewegung von Fonds zeigten. Die Linie, die die Anleiheflüsse markierte, begann plötzlich zu fallen und in Äste zu zerfransen, die einem Spritzer ähnelten. Das sieht nach einer Ablenkungsaktion aus, dachte sie.

Auf einer der Zeitachsen erschienen Signaturen von Transaktionen, die über Treuhandfonds in Steueroasen abgewickelt worden waren – Kaimaninseln, Panama, Singapur. Jede dieser Transaktionen war verschleiert und teilte Mittel in Hunderte kleinerer Überweisungen auf, die in der Cyberwelt verschwanden wie Tropfen im Ozean. Ihr Blick blieb an einer Transaktionskennung hängen, die sie bereits während der nächtlichen Analyse gesehen hatte. Vortex Company – das war dieselbe Spur, die ihr damals zu offensichtlich vorgekommen war, als wäre sie absichtlich zurückgelassen worden. Doch jetzt bemerkte sie noch etwas. Die Dateien von Black Bull enthielten einen zusätzlichen Strang – einen Krypto-Transfer zwischen Wallets, die mit der Vortex Company verknüpft waren, und Firmen, die auf der Liste von Partnern staatlicher Infrastrukturprogramme standen. Anna vergrößerte die Daten zu einer der Transaktionen und sah etwas, das ihr das Blut in den Adern gefrieren ließ: Die Mittel wurden auf Konten überwiesen, die Hilfsfonds für Entwicklungsländer zugeordnet waren, und anschließend auf Investmentkonten der Breitenberg Foundation umgeleitet. Sie scrollte zu den Details der operativen Logs und sah eine Code-Sequenz, die wie die Spur eines Tools zur Transaktionsverschleierung aussah. Es war ein hochentwickelter Algorithmus, der Programmen glich, die von den besten Spezialisten für Cybersicherheit erstellt worden waren.

Claire, die neben ihr saß, blickte auf den Bildschirm und dann forschend zu Anna.

– Ist es möglich, dass sie Militärtechnologie eingesetzt haben, um diese Transaktionen zu verbergen? Wo hast du das überhaupt her?

Anna antwortete, ohne sie anzusehen, mit fester Stimme.

– Nicht nur möglich, sondern so gut wie sicher. Das sieht nach einer globalen Verschwörung aus.

In einem der Seitenordner des NATO-Systems stieß Anna auf ein Dokument mit der Kennzeichnung „IMF-1944". Sie öffnete es vorsichtig – die Datei stammte aus historischen Archivbeständen und enthielt Aufzeichnungen zur Konferenz von Bretton Woods. Es war ein Bericht, erstellt von Ökonomen, die den Wiederaufbau der Weltwirtschaft nach dem Krieg überwachten.

Ein Abschnitt des Berichts fesselte ihre Aufmerksamkeit:

„Die Nachkriegs-Wirtschaftsordnung stützt sich auf Stabilisierung durch die Einführung des US-Dollars als wichtigste Reservewährung der Welt. Es wurde beschlossen, Institutionen zu schaffen, die internationale Kapitalflüsse regulieren und Stabilisierungskredite für von Krisen betroffene Staaten bereitstellen. Dieser Mechanismus soll wirtschaftliche Destabilisierung und die Entstehung neuer Wirtschaftskriege verhindern."

Anna runzelte die Stirn, als ihr Blick weiter nach unten wanderte:

„Die Zusammenarbeit mit europäischen Banken zielt auf eine Zentralisierung der Mittel und die Kontrolle der Währungsflüsse ab, unter Wahrung des Grundsatzes der Transparenz für die wichtigsten Stakeholder. Dieser Prozess, überwacht von einer Gruppe der Hauptarchitekten der neuen Ordnung, erfordert außergewöhnliche finanzielle Disziplin und eine einheitliche Zukunftsvision, um dem Chaos nationaler Interessen vorzubeugen."

Die Fußnote am Seitenende wirkte wie eine Botschaft, verborgen zwischen trockenen Fakten:

„Anmerkung L. von Breitenbergs: Globale Stabilität erfordert eine Hand am Steuer. Das Chaos nationaler Ambitionen führt zum Zerfall finanzieller Strukturen, es sei denn, wir führen ein einheitliches Kontrollmodell ein. Das ist nicht nur eine Frage der Ökonomie – es ist eine Frage des Überlebens der Zivilisation."

Die Worte hallten in Annas Geist nach. Von Breitenberg war nicht nur ein Theoretiker der Nachkriegsstabilisierung. Seine Aufzeichnungen klangen wie ein Machtmanifest, verborgen unter dem Mantel des Wiederaufbaus.

Claire sah auf den Bildschirm, ihre Stimme kaum hörbar:

– Das klingt eher nach einem Plan zur Dominanz als nach Wiederaufbau.

Anna scrollte weiter. Weitere Abschnitte des Berichts stellten Stabilitätsfonds, verschachtelte Währungsoperationen und detaillierte Leitlinien für Zentralbanken für die kommenden Jahrzehnte dar. Es gab dort Vorgaben, Veränderungen „anzuführen“ statt nur auf Krisen zu reagieren.

Ein Satz hob sich vom gesamten Bericht ab:

„Die Schaffung eines von den Finanzeliten kontrollierten Unterstützungssystems wird Frieden sichern und Anarchie verhindern.“

Anna wurde kalt. In einem einzigen Bericht fand sie die Bestätigung für alles, wovon Black Bull gesprochen hatte – von einem „System im Schatten“, das die Weltwirtschaft mit chirurgischer Präzision steuert und über das Schicksal von Staaten entscheidet.

Claire rückte näher, ihre Augen glänzten vor Unruhe:

– Wenn das stimmt, sind wir nicht Opfer der Krise, sondern ihr Ziel.

Anna bestätigte es, auch wenn sie spürte, dass Claires Worte die Tragweite dieser Entdeckung nicht erfassten. Ein Dokument, das ein Zeugnis des Wiederaufbaus sein sollte, entpuppte sich als Landkarte der Kontrolle. Alle Teile des Puzzles begannen zusammenzupassen.

Das Bild, das in ihrem Kopf entstand, war erschreckend – nicht nur für sie, sondern für die ganze Welt.

Anna studierte bis in die Nacht die Daten von Bull und die geheimen NATO-Berichte, wobei sie sich von Zeit zu Zeit mit anderen Analysten beriet, die versammelt worden waren, um diese Krise zu lösen. Sie erörterten sämtliche möglichen Szenarien und die besten Wege zur Lösung. Sie aktivierte alle ihre Kontakte, sogar aus Studienzeiten, um so viele Informationen wie möglich zu finden. Am Morgen sollte sie die Lösung präsentieren.

Risikokarte

Im Zentrum des Befehlsraums von Ramstein zeigten mehrere Meter hohe Bildschirme pulsierende Karten und Diagramme der Finanznetzwerke – wie ein ausgedehntes Nervensystem, das sich über die ganze Welt spannte. Lichtbahnen wanderten über die Umrisse des Globus, als markierten sie die nächsten kritischen Punkte. Komplexe Algorithmen und Modelle der Geldflüsse liefen über die Monitore und bildeten einen schwindelerregenden Strudel aus Daten. Die Luft war schwer von Konzentration, und die Gespräche an den Arbeitsplätzen prallten als kaum hörbares Flüstern von den metallischen Wänden ab. Nichts im Inneren verriet, dass ein neuer sonniger Tag angebrochen war.

Im Zentrum des Befehlsraums stand ein runder Operationstisch. Er glich einem futuristischen Ring – einer Arena, in der über das Schicksal der Welt entschieden wurde. Alle Blicke richteten sich auf General Ethan Grayson, als er mit festem Schritt den Raum betrat.

– Ich bitte um Ihre Aufmerksamkeit, begann er, ohne die Stimme zu heben, und erreichte dennoch die gewünschte Wirkung. Die Versammelten verstummten sofort.

Rund um den Tisch saßen die wichtigsten Vertreter der NATO-Verbündeten. Livia Costa, Expertin für Cybersicherheit, strich mit dem Finger über ihr Tablet und analysierte die Daten nachdenklich. Ihr kurz geschnittenes Haar und die militärische Haltung gaben ihr das Aussehen einer strengen Fachfrau, die schon vieles gesehen hatte. Jonathan Craft, Vertreter des US-Finanzministeriums, rückte nervös seine Brille zurecht. Ihm gegenüber saß Émile Duvall vom französischen Geheimdienst. Sein silberner Bart und die Fältchen um die Augen verliehen ihm die Ausstrahlung eines erfahrenen Mentors, der viel gesehen und noch mehr vorausgesehen hatte. Duvalls Blick war kühl und analytisch – treffend wie ein Schlag. Er war bekannt für seine scharfe Zunge und die Neigung, jede Entscheidung infrage zu stellen, die ihm zu amerikanisch erschien. Grayson nahm am Kopf des Tisches Platz, sein Blick glitt über die Anwesenden, prüfte ihre Reaktionen und suchte nach den kleinsten Anzeichen von Zögern.

– Wir müssen jedes Element des Puzzles verstehen, bevor wir handeln, sagte er, und seine Stimme hallte wie ein Echo in der kühlen Luft. – Anna, berichte.

Anna Senger erhob sich langsam, ihre Bewegungen voll ausbalancierter Gewissheit, als trüge jede Geste das Gewicht einer Entscheidung. Sie holte tief Luft. Sie drückte eine Taste am Panel, und auf der Leinwand flammte eine Grafik auf, die ein komplexes Netz finanzieller Transaktionen zeigte. Ihr Blick wanderte über die Versammelten und verweilte für einen Moment auf Graysons Gesicht, suchte in seinen Augen nach Bestätigung – oder wenigstens einem Schatten von Zweifel.

– Ich habe die von unserem Kontakt gelieferten Daten analysiert, begann sie. – Die Gelder flossen über Konten auf den Kaimaninseln, in Hongkong und Singapur. Oberflächlich wirken es wie legale Operationen, aber die Muster dieser Transaktionen sind nicht zufällig.

Auf dem Bildschirm erschienen drei zentrale Namen: Aeon Trade Solutions, Mara Logistics, Diesel Power Group.

– Diese Firmen fungieren als Fassaden, über die Kapital geleitet wird. In einer der Transaktionen wurden russische Anleihen genau zu dem Zeitpunkt gekauft, als neue Sanktionen verhängt wurden, fuhr Anna fort.

Weiss rückte näher heran.

– Umgehung von Sanktionen, sagte er leise, doch seine Stimme hallte im Raum wider.

Duvall verschränkte die Arme.

– Wollen Sie sagen, dass jemand es absichtlich so einrichtet, dass es nach einer russischen Operation aussieht?

Anna wechselte die Folie, und auf der Leinwand erschien ein dynamisches Schema. Verbindungen zwischen London, Donezk und Zürich pulsierten schwach.

– Das ist das Beunruhigendste, gab sie zu. – Wir haben Spuren entdeckt, die auf Geldflüsse in den Donbass hinweisen. Die Mittel wurden sowohl an lokale bewaffnete Gruppen als auch an Technologieunternehmen transferiert, die mit westlichen Investmentbanken verbunden sind.

Anna zeigte auf die Karte des Donbass. Vortex ist eine Pumpe. Sie schleust das Geld durch drei Ebenen:
Die erste sind die Kaimaninseln – dort werden die Firmen registriert.
Die zweite ist Zürich – dort wird das Geld gewaschen.
Und die dritte ist der Donbass, wo die Gelder schließlich an bewaffnete Gruppen und in den Schwarzmarkt verteilt werden.

Grayson runzelte die Stirn und beugte sich über den Tisch.

– Sie wollen sagen, dass Russland in diesem Spiel sowohl Ziel als auch Werkzeug ist? – fragte er.

– Ja. Die Briefkastenfirmen wurden sowohl zur Umgehung der Sanktionen als auch zur Destabilisierung der europäischen Wirtschaft genutzt. Und wenn Ludwig von Breitenberg dahintersteht, ist es möglich, dass er als Vermittler für beide Seiten fungiert.

– Warum der Donbass? – warf Duvall skeptisch ein.

– Weil es eine „tote Zone“ ist, entgegnete Anna. – In verlassenen Bergwerken gibt es gegen EMP-Angriffe geschützte Serverräume und nicht registrierte Glasfaserkabel nach Moskau und Peking. Dort finden wir gerichtsfeste Beweise für die Verbindungen der Breitenbergs zu bewaffneten Gruppen.

Im Saal trat Stille ein.

Duvall stützte sich auf den Tisch und sah Grayson direkt an.

– Woher wissen wir, dass diese Daten nicht manipuliert wurden? Vielleicht ist das alles eine Provokation, um uns zu kompromittieren?

Weiss zog eine Augenbraue hoch und blickte auf sein Tablet.

– Ich bestätige die Bewegung von 40 Lastwagen mit Rack-Schränken nach Donezk im letzten Monat. Mit Sensoren orten wir Wärmesignaturen in einem Bergwerk im Donbass.

Grayson schlug mit der Faust auf den Tisch:

– Die Beweise deuten auf eine vielschichtige Intrige hin, aber der einzige Weg zur Wahrheit führt über die Sicherung der Daten aus dem Donbass – dorthin weisen all unsere Spuren.

– Also holen wir das materielle Beweisstück. Festplatten mit der kompletten Buchhaltung von Vortex, Transaktionsregister der Breitenbergs und vielleicht die Liste der Begünstigten. Ohne das werden wir nur Schatten anklagen.

Eine Stunde später erschien auf dem Bildschirm eine detaillierte Karte der Ostukraine mit markierten Schlüsselstellen – verlassene Bergwerke und verdächtige Serveranlagen pulsierten wie rote Warnlichter.

Jakob Weiss, der Einsatzleiter, trat näher an den Tisch und beugte sich über die Karte, wobei er die für die Mission entscheidenden Orte markierte.

– Wir haben die Präsenz von Servern bestätigt, die als operative Basis genutzt werden. Das Gelände ist schwierig

– die Stollen sind vermint, und die Infrastruktur ist instabil, erklärte er in sachlichem Ton.

Er stellte den Einsatzplan vor, und der Bildschirm leuchtete mit weiteren Folien auf, die die einzelnen Phasen der Mission veranschaulichten:

Aufklärung durch Drohnen: Identifizierung potenzieller Bedrohungen und laufendes Monitoring.

Minenneutralisierung: Sicherung der Zugänge durch ein Pionierteam.

Datenextraktion: Cyberspezialisten aus Livia Costas Team werden die Schlüsselinformationen extrahieren.

Evakuierung: Schnelle Rückkehr in die sichere Zone nach Abschluss der Maßnahmen.

General Grayson blickte Anna und Weiss an, sein Blick war von ernster Schwere.

– Wenn diese Daten unsere Vermutungen bestätigen, werden wir einen Beweis für das Bestehen eines internationalen Netzwerks der Finanzmanipulation haben. Die Mission muss erfolgreich enden.

Anna spürte die Last der Situation, ihr Atem wurde etwas schneller. Sie wusste, dass die Daten aus dem Donbass der Schlüssel zur Lösung des Rätsels sein konnten – oder eine weitere Schicht von Lügen. Sie erwartete noch etwas: ein Gespräch mit ihrem Großvater, Antoni Senger, einem Mann, der die Mechanismen der Finanzwelt besser kannte als irgendjemand sonst.

Die Uhr tickte unerbittlich. Die Stabsoffiziere gingen an ihre Posten. Jeder wusste, dass die Mission im Donbass nicht nur über das Schicksal dieser Operation, sondern über die Zukunft der globalen Ordnung entscheiden würde.

Anna saß in einer ruhigen Ecke des militärischen Befehlszentrums in Ramstein, ruhte kurz nach der Lagebesprechung aus und betrachtete auf dem Monitor die blinkenden Details der Mission. Berichte, Karten und Einsatzschemata füllten den Bildschirm ihres Laptops, doch in ihren Gedanken hallten noch die Gespräche mit den Befehlshabern nach. Trotz des Drucks der bevorstehenden Ereignisse wuchsen ihre Zweifel. Die Zeit des gemeinsamen Planens war vorbei, doch für Anna war der Beginn dieser Mission emotional ebenso schwer wie strategisch. Was bisher ein Spiel der Zahlen und Analysen gewesen war, wurde plötzlich persönlich. Die Breitenbergs. Ein Name, der in ihr Unruhe und Neugier auslöste.

Sie griff zum Telefon, ihre Hände zitterten leicht, und das Echo der angespannten Gespräche aus der Besprechung klang noch in ihrem Kopf. Die Nummer ihres Großvaters, Antoni Senger, war die einzige, unter der sie Antworten suchen konnte – sie erinnerte sie an einen sicheren Hafen im stürmischen Meer der Entscheidungen. Nach ein paar Klingelzeichen hörte sie seine ruhige Stimme.

– Anna, mein Schatz. Du hast dich lange nicht gemeldet, begann er mit einem warmen Lächeln, das Anna sich vorstellen konnte, obwohl sie sein Gesicht nicht sah.

– Hallo, Opa. Ich habe eine Sache, die mir keine Ruhe lässt, antwortete sie und versuchte, das Zittern in ihrer

Stimme zu verbergen. – Hast du jemals von dem Geschlecht der Breitenbergs gehört?

Antoni schwieg einen Moment, und in dieser Stille stellte Anna sich vor, wie seine Gedanken Erinnerungen durchmaßen – voller undeutlicher Geheimnisse und Halbschatten vergangener Zeiten. Sie schauderte leicht, denn die Stille war nicht nur eine Pause – sie war voller Spannung, wie eine Szene vor dem Höhepunkt in einem Thriller. Ihre Ohren fingen subtile Geräusche auf: gedämpfte Schritte in der Ferne, ein leises Klicken eines Geräts im Hintergrund, als bereite der Großvater die Umgebung auf ein geheimes Geständnis vor.

– Die Breitenbergs ..., begann er langsam. – Das ist ein Name, der in unserer Welt immer Respekt eingeflößt hat, obwohl die meisten Leute ihre Gesichter nicht kannten. Eine Familie, die nie das Rampenlicht suchte, aber jeder, der mit Finanzen in Europa zu tun hatte, wusste, wer sie sind. Warum fragst du?

Anna zögerte und spürte die wachsende Last der Verantwortung. Fragen rollten durch ihre Gedanken wie Wellen eines stürmischen Ozeans: Konnte sie ihm alles sagen? Über die Mission, deren Ausgang über das Schicksal vieler Menschen entscheiden würde? Über die Daten, die eine seit Jahrzehnten gesponnene Verschwörung enthüllen konnten, die Spuren von Tragödien und Triumphen hinterlassen hatte? Ihr Herz schlug schneller, und die Stille am anderen Ende schien sich zu dehnen und befeuerte ihre innere Zerrissenheit.

– Ich arbeite an einem Fall. Es sieht so aus, als hätten die Breitenbergs immer noch Einfluss, begann sie vorsichtig. – Opa, was kannst du mir über sie sagen? Was weißt du über sie?

Antoni seufzte. Anna wusste, dass dieses Geräusch eine lange Erzählung ankündigte.

– Das war keine gewöhnliche Familie. Nach dem Krieg, als Europa in Trümmern lag, die Städte zerstört waren und die Menschen um ihr Überleben kämpften, nutzten die Breitenbergs den Moment des Wiederaufbaus. Sie führten neue Kreditmechanismen ein, Auslandsdarlehen und Hilfsfonds, die für viele die einzige Chance waren, Staaten, Häuser oder Fabriken wieder aufzubauen. Aber ihr Vorgehen balancierte stets am Rand der Legalität. Der Dollar, als Währung, die mit dem Marshallplan verbunden war, war ein Symbol der Stabilität – und die Breitenbergs verstanden das hervorragend. Dank ihrer Verbindungen zu amerikanischen Fonds schufen sie ein Netz aus Banken, Fonds und verdeckten Strukturen. Sie waren nicht nur Nutznießer des Wiederaufbaus, sondern auch stille Architekten politischer und wirtschaftlicher Veränderungen, indem sie Geldströme dorthin lenkten, wo sie Einfluss und Kontrolle gewinnen konnten.

Antoni machte eine Pause, und Anna spürte, wie die Kindheitserinnerungen zurückkehrten, als der Großvater sie in die Mechanismen der Finanzwelt einführte.

– Hatten sie Feinde? – fragte sie. – Oder … Verbündete?

Antoni antwortete, als kenne er diese Frage seit Jahren.

– Feinde? Jeder, der versucht hat, sie zu besiegen, verschwand vom Radar. Verbündete? Nicht unbedingt. Aber sie hatten etwas Besseres – sie kontrollierten die Schulden von Menschen und Staaten. Und Schulden sind ein Gefängnis.

Anna spürte, wie ihr Herz schneller schlug.

– Kann man sie ... besiegen?

– Wenn du vermutest, dass die Breitenbergs hinter dem stehen, was passiert, wirst du mehr brauchen als nur Finanzanalysen. Das ist kein offener Kampf – ihre Stärke liegt darin, dass man nie weiß, wer wirklich die Fäden zieht und wann.

Anna blickte auf ihre Notizen. Namen von Briefkastenfirmen, Daten der Geldflüsse – alles schien nur die Oberfläche von etwas viel Größerem zu sein.

Sie spürte einen Kloß im Hals. Sie wusste, dass der Großvater recht hatte.

– Danke, Opa. Ich werde vorsichtig sein.

– Sei mutig, mein Kind.

Anna schloss für einen Moment die Augen. Das Bild ihrer bevorstehenden Mission zeichnete sich vor ihr wie ein Film ab: das Donnern der startbereiten Jets, Alarmlichter, die im Halbdunkel des Hangars flackerten, und im Hintergrund das anschwellende Heulen der Sirene – wie ein Vorbote der Unausweichlichkeit des kommenden Aufpralls. Sie dachte an all die Menschen, die sie schützen wollte, und erkannte, dass dieses Gespräch mit dem Großvater der letzte Anker vor dem Hurrikan war, der heraufzog.

5

Operation Donbass – Im Schatten der Zahlen

Das Transportflugzeug C-17 Globemaster III durchschnitt den Nachthimmel wie ein stählernes Projektil, mit Präzision ins Unbekannte abgefeuert. Das Innere der Kabine schien von kaum spürbaren Vibrationen der Triebwerke zu vibrieren und erzeugte ein gleichmäßiges, mechanisches Grollen. Metallene Wände, gesäumt von Kabeln und Halterungen, verschluckten das schwache Licht der Lampen. Auf den Seitensitzen, mit Helmen und kugelsicheren Westen, saßen eine NATO-Spezialeinheit und US-Kommandos, in dunklen Uniformen, die M4-Gewehre einsatzbereit. Es gab keine Gespräche und keine Scherze – nur Stille, unterbrochen vom Klappern metallener Verschlüsse und kurzen, elektronischen Tönen der Geräte. Anna saß mit dem Laptop auf den Knien, mit Gurten angeschnallt, beinahe eins mit der Umgebung. Grünliche Datenlinien blitzten auf dem Bildschirm wie nervöse Signale. Das Licht des Monitors spiegelte sich in ihrem Gesicht und verlieh ihren Zügen eine Schärfe, als wären sie aus Stahl gemeißelt. Sie spürte, wie die kalte Luft der Kabine sich mit der Hitze pulsierender Adrenaline mischte.

– Alles bereit? – meldete sich Claire und durchbrach die Stille. Ihre Stimme war bestimmt, barg jedoch einen Hauch von Unsicherheit.

Anna löste den Blick von den Daten und sah zu Claire hinüber. Sie spürte den Druck jedes Blicks, jede eingeblendete Warnung erinnerte sie daran, dass es nicht nur Zahlen waren – es ging um Menschen, um deren Leben.

– Bereit – antwortete sie, obwohl in ihrem Innern ein Echo des Zweifels widerhallte.

Max, der junge Analyst des Teams, blickte auf sein Telefon, über dessen Bildschirm Schlagzeilen scrollten:

„Globale Finanzkrise – Börsen stoppen den Handel"
„Vereinigte Staaten unter Druck: Überlebt der Dollar?"
„Entdollarisierung: Neue Weltordnung?"

– Alle schreiben dasselbe – murmelte er und rieb sich die müden Augen. – Krise, Chaos, Mutmaßungen ... Und nach der Wahrheit sucht keiner auch nur im Ansatz.

Anna hob den Blick – kühl, durchdringend, als wollte sie tiefer greifen als bis zu den Worten.

– Manchmal ist Nichtwissen eine Strategie – sagte sie mit Nachdruck. – Je weniger sie wissen, desto weniger können sie uns schaden.

Claire seufzte und klappte den Bericht zu.

– Jetzt müssen wir alles wissen – warf sie hin.

Das Flugzeug begann den Sinkflug über Polen, und auf den Bildschirmen erschienen Visualisierungen erleuchteter Städte und nebliger Täler. Auf der Route blinkten nacheinander die Punkte auf: Lublin, Grenze, Kyjiw, bis zum Ziel – einer ukrainischen Luftwaffenbasis im Oblast Dnipropetrowsk. Die Stimmen der Fluglotsen hallten wie Echo wider und verstärkten das Gefühl, in einem stählernen Kokon eingeschlossen zu sein. Die Kabinenbeleuchtung wurde gedimmt, es blieben nur das subtile Pulsieren der Dioden an den Bedienpulten.

– Zur Landung bereitmachen, – ertönte die Stimme des Piloten, ruhig, doch hart wie ein Befehl.

Anna spürte das vertraute Stechen in der Magengrube. Das Zittern des Bodens schien mit ihren Nerven zu resonieren, und der Anblick der flackernden Lichter der Landebahn beschleunigte den Atem jedes Teammitglieds. Als die Räder den Boden berührten, zerschnitt ein Kratzen das Innere der Maschine wie ein Alarmzeichen, und für einen Moment schien die Zeit langsamer zu laufen, hielt sie fest in diesem Augenblick des Schwebezustands zwischen Angst und Handeln.

Die Rampen sanken zischend herab, und ein Schwall ukrainischer Luft, getränkt mit dem Geruch von Abgasen und Staub, schlug ihnen ins Gesicht. In der Ferne waren die kaum sichtbaren Kommandogebäude zu erkennen, gepanzerte Transporter standen in Reihen, und die Scheinwerfer der Hubschrauber zeichneten auf der unebenen Betonplatte einen unablässigen Tanz aus Licht und Schatten.

– Willkommen in der Ukraine – Major Pawlo Mychajluk, ein stattlicher Mann mit scharfem Blick, streckte Anna die Hand hin. – Sie haben wenig Zeit. Folgen Sie mir.

Claire ging als Erste los, den Notizblock fest umklammert, als wäre er ihr einziger Schild gegen das, was bevorstand.

Das alles könnte Manipulation sein, fuhr es Anna durch den Kopf. Doch gleich darauf erinnerte sie sich an die Worte ihres Großvaters: „Zahlen sind Werkzeuge – die Menschen entscheiden, ob sie zerstören oder retten."

Ihr Blick blieb an der zum Einsatz bereiten Einheit hängen, deren Bewegungen Professionalität und Anspannung verrieten. Jeder ihrer Schritte schien sich in Annas Bewusstsein zu spiegeln und sie daran zu erinnern, dass diese Mission Realität geworden war, ohne Raum für Fehler oder Zögern. Scheinwerfer schnitten mit scharfen, pulsierenden Lichtkegeln durch die Dunkelheit, die wie blinkende Warnungen die Konturen der Silhouetten beleuchteten. In Annas Gedanken klang ein leises Gelöbnis nach: Wir dürfen uns nicht irren, nicht jetzt. Mit diesem Gedanken folgte sie dem Rest des Teams; ihre Schritte waren sicher, auch wenn ihr Herz noch vor Angst pochte. Bereit, sich dem Schatten zu stellen, der auf der anderen Seite der Finsternis auf sie wartete, blickte sie nach vorn – und sah nicht nur das Ziel, sondern auch alle Konsequenzen, die eintreten konnten.

Der Hangar des Führungszentrums pulsierte vor Leben. Klirren von Werkzeugen, Kommandos der Befehlshaber und das Knistern der Funkgeräte mischten sich zu einer einzigen Symphonie nervöser Einsatzbereitschaft. Monitore zeigten Bilder von Drohnen, die die Umgebung von Horliwka patrouillierten – dunkle Konturen zerstörter Industriegebäude, verlassene, von Unkraut überwucherte Gleise und ein Grubeneingang, der einer gähnenden schwarzen Schlucht glich.

Anna stand neben Claire und klammerte die Finger um den Gurt des Rucksacks mit dem Laptop. In ihrem Kopf wogten die Gedanken. All die Analysen, Schemata und Berichte, die sie studiert hatte, gewannen nun eine völlig andere Bedeutung. Jede Entscheidung konnte jener eine Zug sein, der über den Erfolg der Mission entschied.

Major Pawlo Mychajluk beendete ein Funkgespräch und wandte sich an die Versammelten.

– Bestätigung ist eingetroffen – die Zone um die Mine steht unter Überwachung, aber der Gegner könnte Fallen vorbereitet haben. Einsatzzeit – fünfundvierzig Minuten.

Oberst Piotr Wilk von GROM blickte auf den Bildschirm mit dem Plan der Stollen. Er umschloss den Griff seiner Waffe, als wolle er sich vergewissern, dass er bereit war für das, was unter der Erde lauerte.

– Haben wir volle Luftunterstützung? – fragte er, ohne den Blick von der Karte zu lösen.

Kommandeur James White vom britischen SAS rückte den Helm zurecht und zeigte jenes Halblächeln, das sein Markenzeichen war.

– MQ-9 Reaper ist auf Position. Apache warten auf das Signal – erklärte Mychajluk; seine Stimme trug durch den Hangar.

Anna sah auf das Schema der Mine. Rote Linien, die die Gänge markierten, wanden sich wie Schlangen und bildeten ein dichtes Netz. Sie stellte sich Betonwände und das Echo von Schritten in einem stickigen, dunklen Labyrinth vor. Vertraue dir, aber sei auf das Schlimmste gefasst, erinnerte sie sich an die Worte ihres Großvaters.

Hans Ritter vom Kommando Spezialkräfte schob die Karte auf dem Bildschirm weiter; seine Bewegung war fließend, beinahe instinktiv – wie bei jemandem, der die Unwägbarkeiten unterirdischer Einsätze kennt. Seine Stimme war ruhig, doch eine tiefere Note verriet, dass er wusste, was ein Fehler in einer solchen Lage bedeutete.

– Wir haben industrielle Karten von vor Jahren – begann er und räusperte sich, um die Aufmerksamkeit des Teams zu bündeln. – Sie wurden dank der Drohnen aktualisiert, aber unter Tage ist nichts konstant. In Minen kommt es häufig zu Erdrutschen und strukturellen Veränderungen, die den Verlauf der Stollen völlig verändern können. Sogar das Echo kann Streiche spielen, indem es sich auf unnatürliche Weise an den Wänden bricht – seine Stimme bebte einen Moment, als kehrten Erinnerungen an frühere Missionen mit voller Wucht zurück und riefen das Bild der Herausforderungen und Gefahren wach, die er erlebt hatte.

Claire warf Anna einen Blick zu; der sagte mehr als Worte. Behutsam berührte sie ihren Arm.

– Schaffst du das? – fragte sie leise.

Anna atmete tief durch, strich ihr streng zusammengebundenes Haar glatt und setzte den Helm auf. In ihren Gedanken tauchten die Worte des Großvaters auf über verborgene Kräfte, die die Welt aus dem Schatten heraus kontrollierten. Ich bin hier, um Menschen zu schützen, nicht nur Zahlen.

– Ja – antwortete sie, und in ihrer Stimme lag Gewissheit.

Der Oshkosh M-ATV-Transporter rollte in Richtung Operationszone, ruckelnd über Bodenunebenheiten wie ein stählerner Räuber, der durch die Trümmer der Geschichte streifte. Anna spürte, wie jede Erschütterung des Fahrzeugs in ihrem Körper nachhallte und ihr Bewusstsein dafür verstärkte, dass sie ins Unbekannte vordrangen. Die Luft wirkte schwerer, als wolle der Ort selbst Eindringlinge abwehren.

Als das Fahrzeug vor dem Eingang der Mine stoppte, schossen die Scheinwerfer helle Lichtströme in die Dunkelheit, die den steinernen Bogen erhellten und Felsspalten hervorhoben, die wie Narben vergangener Tragödien wirkten. Der Eingang sah aus wie das Maul einer uralten Bestie – bodenlos und bereit, jeden Wagemutigen zu verschlingen.

– Eingang sichern. Ausrüstung vorbereiten – befahl Mychajluk.

Anna und Claire bauten die Rechnerstation auf und schlossen sie an eine mobile Stromversorgung an. Die Bildschirme glommen mit leisem Summen in grünlichem Schimmer. Auf den Monitoren liefen Bilder der Drohnenkameras – labyrinthartige Gänge, flackernde Signale wie elektrische Funken. Das Piepen, wie das Ticken einer Uhr, maß jede Sekunde bis zum Moment der Wahrheit.

– Keine Bewegung im Perimeter – las Max, der junge Nachrichtendienst-Analyst, ab.

Oberst Wilk stellte den Feuerwahlschalter seiner Waffe um und sah Mychajluk an, mit einem Ausdruck, der keiner Worte bedurfte.

– Weg frei – bestätigte er, obwohl jeder wusste, dass dies nur der Anfang war.

– Wir gehen rein – warf Mychajluk hin.

Anna spürte einen Schub Adrenalin. Sie ballte die Fäuste, um das Zittern der Hände zu beherrschen.

– Wir haben keine Zeit zum Zögern – sagte sie, und ihre Stimme hallte wider, als würde sie von den Wänden zurückprallen wie ein Vorzeichen der kommenden Ereignisse.

Als sich die Metalltüren mit einem langgezogenen Stöhnen öffneten, drang aus dem Innern ein Kreischen, das an das Heulen eines verrosteten Mechanismus erinnerte. Das Echo breitete sich aus, als verkünde die Schwärze des Tunnels, dass sie jeden verschlingen würde, der sich hineinwagte. Die Militärlampen schnitten die Finsternis auf und warfen Lichtblitze auf feuchte Wände. Jeder Tropfen Wasser, der von der Decke fiel, schien sich in der Zeit zu dehnen – wie ein Countdown ins Ungewisse. Die Soldaten in voller Ausrüstung und die Spezialisten mit entschlossenen Gesichtern überschritten die Schwelle der Dunkelheit, im Wissen darum, dass dieser Ort Antworten barg … und vielleicht ihre größten Ängste.

Im Dunkel der Mission

Die Finsternis füllte die Mine aus, verschluckte das Licht der Scheinwerfer und warf lange, furchteinflößende Schatten auf die unebenen Wände der Stollen. Die Luft war dicht, durchtränkt vom metallischen Geruch von Rost sowie dem Staub, der sich bei jeder ihrer Bewegung hob.

Die schmalen Gänge glichen engen Durchlässen, in den Urstoff der Erde gegraben – ihre Wände, feucht und rau, waren mit Moos, Ausblühungen und Flecken austretenden Wassers überzogen, das nur selten auf den Boden tropfte und kleine Pfützen bildete. Zurückgelassene Werkzeuge – verrostete Schaufeln, zerbrochene Holzstempel sowie durchgerostete Reste von Maschinen – lagen da wie Überbleibsel einer vergessenen Zivilisation. Das metallische Echo der Schritte prallte von den rohen Wänden zurück. Im Licht wirkten Loren mit verrosteten Rädern wie beinahe lebendige Schatten, die auf die Rückkehr der Bergleute warteten. In der Ferne blitzte etwas auf, und ein gedämpftes Rauschen jagte einen Schauder der Unruhe durch die Reihen.

Anna löste den Blick von einer Unebenheit in der Wand und sah zu Claire, deren Augen prüfend über die Umgebung glitten. Die Scheinwerfer warfen ein bläuliches Licht auf ihre Gesichter und gaben ihnen einen beinahe gespenstischen Ausdruck. Sie bewegten sich in enger, professioneller Formation voran, gedeckt von NATO-Operatoren. Ihre Bewegungen waren präzise, von Spannung und eingeübter Genauigkeit getragen.

– Achtung, vor uns Sprengladungen – ertönte die Stimme eines GROM-Soldaten; sein Ton war scharf und bestimmt wie ein Befehl und durchschnitt die gespannte Stille wie eine Klinge. Die Worte ließen bei allen Adrenalin und Wachsamkeit hochschnellen, und die Schritte des Teams verlangsamten sich automatisch.

Einige Meter vor ihnen glänzten Drähte improvisierter Sprengsätze, kaum sichtbar unter einer Schicht aus Staub und Geröll. Pionierroboter rollten voraus; ihre metallenen Arme bewegten sich mit der Präzision von Insekten, und das leise Surren der Motoren erinnerte an die warnenden Laute elektrischer Raubtiere. Das rote Licht ihrer Sensoren schnitt durch die Dunkelheit und beleuchtete verborgene Gefahren.

In der Ferne ertönte plötzlich ein gedämpftes Geräusch, das an Schritte erinnerte. Claire sah Anna an, und ihr Blick verriet Unruhe.

– Es könnte ein Echo gewesen sein, aber ... – begann sie, verstummte jedoch, als ein zweites, leiseres Geräusch folgte, als wäre ein Stein über den Boden gerollt.

Anna ging dicht hinter Claire und hielt sich nahe. Der Rucksack mit dem Laptop drückte in ihre Schultern und erinnerte sie an die Last der Verantwortung, die auf ihr lag. In ihrem Kopf hallte ein Gedanke: Ich muss das schaffen, es gibt keinen Weg zurück.

– Wir schaffen das. Wir sind hier zusammen – sagte Claire und legte Anna die Hand auf die Schulter.

– Klar schaffen wir das – antwortete sie und bemühte sich, ihrer Stimme Sicherheit zu geben.

Die Soldaten näherten sich einer Seitenabzweigung des Stollens. Im Licht sahen sie merkwürdige, frische Spuren am Boden – als hätte jemand etwas Schweres hinter sich hergezogen.

– Das sieht nach Spuren von Ausrüstung aus ... vielleicht ein Generator? – Max rückte näher heran und untersuchte das Gelände.

Claire runzelte die Stirn.

– Jemand war hier. Und zwar vor Kurzem.

Das Team setzte den Marsch fort und bewahrte dabei äußerste Vorsicht.

Nach zehn Minuten Weges, die sich wie eine Ewigkeit anfühlten, erreichte Team Alpha den Hauptschacht. Stählerne Türen, massiv und von Roststreifen überzogen, sahen aus wie eine Grenze zwischen dem Ort, an dem die Geheimnisse endeten, und dem, wo die Wahrheit begann.

– Claire, Max, ihr seid dran – befahl Wilk und wies auf das Sicherungspanel. Seine Stimme war ruhig, in der Tiefe jedoch lagen Erwartung und das Bewusstsein um die Bedeutung dieses Augenblicks.

Max kniete sich vor das Panel und schloss ein Gerät zum Codeknacken an. Grüne Kaskaden aus Zeichen begannen über den Bildschirm zu fließen wie digitaler Regen. Das Licht der Displays erhellte sein Gesicht.

– Ich brauche ein paar Minuten – murmelte er und wischte sich den Schweiß von der Stirn, trotz der durchdringenden Kälte.

Claire starrte auf den Bildschirm, ihr Blick wirkte fast glasig.

– Was, wenn ... das eine Falle ist? – flüsterte Anna.

Max richtete sich für eine Sekunde auf und sah sie mit festem Blick an.

– Wenn ja, dann ist es besser, wenn wir darauf vorbereitet sind.

Im Herzen des Schattens

Das Innere des Serverraums flammte im kühlen, künstlichen Licht dutzender Dioden auf. Hunderte Serverschränke wirkten wie pulsierende Adern eines riesigen Organismus. Die Luft war von einer kühlen Nebelgischt durchzogen, die aus den Lüftern drang, die leise summten wie der Atem einer schlafenden Bestie. Bevor Anna das Terminal berührte, schob sich ein Soldat mit dem Aufnäher KSK Cyber vor sie und steckte ein gerät in Port-Größe eines USB-Sticks ein.

– Firewall geknackt. Du kannst arbeiten – aber die physischen Laufwerke ziehen wir bereits – warf Ritter hin, nahm aus dem Rack das erste schwarze Modul und schob es in den gepanzerten Rucksack.

Anna verband ihren Laptop mit dem System. Claire reichte ihr eine zusätzliche SSD.

– Spiegle alles darauf. White hat einen satellitengestützten Übertragungskanal.

Sie kniete sich am Hauptterminal hin und schloss den Laptop an. Der Bildschirm tauchte ihr Gesicht in bläulichen Schimmer, und Codezeilen begannen eine Karte der Datenflüsse zu zeichnen – Bezeichnungen, Namen und Beträge erschienen wie Teile eines Puzzles, das den Lauf der Geschichte verändern konnte. Jede Zeile war wie ein Echo der Vergangenheit – Stimmen, die hinter dem digitalen Vorhang sprachen. Auf dem Bildschirm erschienen Schlüsselinformationen – Namen und Transaktionen, die Antworten auf Fragen gaben, die sie seit Monaten quälten. Claire starrte auf den Bildschirm. In der Stille des Serverraums war nur das monotone Rauschen der Systeme zu hören.

– Wir haben es – sagte Anna, obwohl ihre Stimme leicht bebte.

Im Bruchteil einer Sekunde verwandelte sich die Welt auf dem Laptop in einen Datenstrom, der mehr Fragen als Antworten brachte. Die Soldaten tauschten Blicke. Sie wussten, dass die Zeit zur Evakuierung verrann und jede Sekunde über Erfolg oder Scheitern der Mission entscheiden konnte. Die brummenden Server erinnerten daran, dass die Wahrheit zum Greifen nah war, doch die Gefahr, ihre Anwesenheit zu offenbaren, war ebenso real.

Anna starrte auf den Bildschirm, und ihre Hände glitten schnell und präzise über die Tastatur, durchsuchten Datei um Datei wie eine Detektivin, die Akten studiert. Mit jedem gelesenen Detail wurde ihr Atem flacher, ihr Herz schlug schneller. Das, was sie sah, jagte ihr einen Schauer über den Rücken. Komplexe Finanztransaktionen, Offshore-Konten hinter Schichten der Geheimhaltung und Krypto-Transfers führten zu unbekannten Akteuren, verknüpft mit einflussreichen Politikern, mächtigen Konzernen und Stiftungen, die scheinbar dem nachhaltigen Wandel dienten und in Wahrheit dunkle Ziele verbargen.

– Claire, sieh dir das an – meldete sich Anna mit Spannung in der Stimme und wies auf eine Datei mit dem Symbol „PROJEKT V". Ihre Augen waren voller Unsicherheit.

– Vortex, das ist ihre Signatur, ihre Operationen.

Im Hintergrund leuchtete der Bildschirm mit weiteren Datenzeilen auf, und die Aufmerksamkeit blieb an einer der Dateien hängen, betitelt „Sanktionen: Priorität Alpha". Ihr Inhalt schien zu laden, flackerte und weckte ein neues Gefühl der Bedrohung.

– Nicht nur sie. Sieh dir das an – fügte Claire hinzu, beugte sich über den Bildschirm und analysierte die Daten.
– „Melisan Group“ und „Silverstone Global“ – diese Firmen arbeiten mit Regierungen zusammen. All ihre Projekte schienen transparent … und das hier ist ihre dunkle Seite. Sie schluckte, als sie die Namen bekannter Politiker, Konzernchefs und einflussreicher Personen sah.
– Sie sind überall – flüsterte sie.

– Achtung, wir haben Bewegung an der Oberfläche! Separatisten – etwa zwanzig Mann nähern sich dem Eingang – meldete die Stimme des Aufklärers im Funk abrupt.

– Team Alpha, Verteidigungspositionen beziehen! Team Bravo, die Arbeit am Kamerasystem fortsetzen. Charlie, Transport für die Evakuierung vorbereiten – entschied Wilk ohne Zögern.

Der Tunnel hallte vom dumpfen Echo durchgeladener Waffen und den rhythmischen Schritten des Trupps wider und verstärkte die Atmosphäre der heraufziehenden Konfrontation. Anna spürte, wie die Spannung wie eine sich zuziehende Schlinge auf ihrer Brust enger wurde und ihr den Atem nahm. In der Dunkelheit flackerten die Lichter von Taschenlampen und Laservisieren, warfen scharfe, zitternde Schatten auf die unebenen Wände des Tunnels, die wie unheimliche Schemen jeden Schritt zu beobachten schienen.
– Anna, wie lange noch? – fragte Claire, deren Stimme, obwohl ruhig, wie ein Befehl aus Stahl klang.
– Noch ein paar Minuten – antwortete Senger und ver-

suchte, die Angst nicht in ihrer Stimme mitschwingen zu lassen.

Im Hintergrund krachten die ersten Schüsse, die die angespannte Stille wie ein Hammerschlag auf Stahl zerrissen. Staub erfüllte die Luft, hob sich wie ein dichter, stickiger Nebel des Krieges, setzte sich auf Kleidung ab und brannte in den Nasen. Die Atmosphäre bekam ein fast greifbares Gewicht, das das Bedrohungsgefühl steigerte.

Schließlich erschien auf dem Bildschirm die Meldung: Übertragung abgeschlossen.

Als die Kugeln an den Stahlschränken zu ricochettieren begannen, zog Wilk Anna hinter eine Deckung.

– Ritter! Das Hauptlaufwerk zu mir! Max – auf den Notfallträger kopieren!

Anna riss den Verschlüsselungsschlüssel aus dem Laptop und drückte ihn Claire in die Hand.

– Wir splitten die Daten! – keuchte sie.

Wilk steckte Ritters Laufwerk in seine taktische Weste, und Max warf Claire eine silberne Karte in Kreditkartengröße zu.

– Das ist die Kopie. Sie funktioniert nur mit deinem Fingerabdruck.

Anna klappte den Laptop mit einer entschiedenen Bewegung zu und schob ihn in den gesicherten Rucksack.

Wilk hob die Hand und gab das Signal zum Rückzug:

– Hintermann sichern! Wir ziehen uns in Gefechtsordnung zurück!

Die Soldaten bildeten eine präzise Schutzformation, hielten die Waffen im Anschlag, ihre Bewegungen waren schnell und koordiniert. Schüsse zerrissen die Luft wie Blitze, und weitere Explosionen erhellten den Tunnel, warfen harte Kontraste aus Licht und Schatten. Anna, Claire und Max rannten zwischen den sie deckenden Soldaten, der Atem beschleunigt, während das Echo der Gegner immer näher hallte.

– Zu den Hubschraubern, los! – befahl Wilk, seine Stimme trug über den Lärm des Gefechts.

An der Oberfläche warteten zwei mächtige Mi-8-Hubschrauber mit Rotoren, die wie entfesselte Arme eines Sturms rotierten, eine Staub- und Schotterlawine entfachten. Das Dröhnen der Triebwerke übertönte alles, und Alarme im Hintergrund unterstrichen die Anspannung der Lage. Die NATO-Soldaten, am Eingang postiert, gaben Sperrfeuer ab und hielten den Gegner auf Abstand.

– Übertrage die Datenkopie über Kanal Delta! Satellit bestätigt! – rief White dem Funker zu.

Wilk warf dem Piloten im letzten Moment vor Schließen der Rampe ein Bleirohr zu:

– Das sind physische Backups. Flieg so, dass niemand das Signal abfangen kann.

– Alle Teams an Bord! – Wilks Stimme klang wie eine letzte Warnung.

– Sofortiger Start!

In der letzten Sekunde, als sich der Hubschrauber vom Boden löste, wandte Anna den Blick zum dunkler werdenden Eingang der Mine und spürte, wie die Erinnerungen vom Bildschirm wie Filmkader voller Geheimnisse vor ihrem inneren Auge vorbeihuschten.

Claire legte Anna die Hand auf die Schulter.

– Wir haben alles getan, was wir konnten, du warst großartig – du solltest bei uns arbeiten und nicht nur als Analystin – sagte sie mit erzwungenem Lächeln, ihre Stimme ruhig, auch wenn der Blick die Schwere der Zweifel verriet.

Anna schloss die Augen und holte tief Luft, spürte, wie die Spannung ihre Schultern verließ. Sie wusste, dass das, was sie entdeckt hatten, nur eine Einladung zum weiteren Kampf war. Die Triebwerke heulten auf, die Mi-8 stieg in die Luft, nicht nach Westen, sondern nach Südosten – zum nächsten geschützten Stützpunkt in Dnipropetrowsk. Erst von dort sollte ein Flugzeug sie nach Ramstein bringen.

Während des Steigflugs ertönte in ihren Headsets die Meldung über den Abschluss der Mission, doch in ihren Gedanken blieb nur eines – die wahre Schlacht sollte erst noch

Rückkehr nach Ramstein

Das Transportflugzeug glitt durch den nächtlichen Himmel Europas, in die Dunkelheit getaucht wie ein stählerner Gigant, der die Weite durchschneidet. Die Soldaten saßen entlang der Flugzeugwände, vom Müdesein gebeugt, die Helme auf den Knien abgelegt. Ihre Gesichter – vom Staub grau, die Augen von Emotionen und Erschöpfung flackernd

– drückten etwas zwischen Erleichterung und Distanz aus. Manche hatten die Lider halb geschlossen, suchten einen flüchtigen Moment der Ruhe, andere starrten vor sich hin, als sähen sie noch die dunklen Stollengänge der Mine und das Flimmern der Serverlichter.

In einer Ecke des Laderaums beugte sich der Sanitäter über einen der Soldaten, dessen Arm von einem Verband umwickelt war, durchtränkt von einem dunkleren Rot. Seine Bewegungen waren ruhig und präzise.

Anna Senger saß auf dem Seitensitz, mit dem Sicherheitsgurt festgeschnallt, den Blick auf den Laptop gerichtet. Das kalte Licht des Bildschirms beleuchtete ihr Gesicht und hob die Schatten unter den Augen hervor. Codezeilen, Datenflussdiagramme und verschlüsselte Berichte liefen vor ihrem Blick vorbei wie eine digitale Karte voller Rätsel. Jede Zeile stand für eine andere Spur – Transaktionen, Offshore-Konten, verborgene Kryptoüberweisungen.

Claire nahm neben ihr Platz. Ein Aufblitzen der Dioden beleuchtete für einen Moment ihr Gesicht – angespannt, doch ruhig. Claires Blick glitt über den Bildschirm; sie analysierte die Daten mit kühler Professionalität.

– Was wir haben, kann alles verändern – sagte sie, obwohl in ihrer Stimme mehr als Gewissheit lag. Ein Anflug von Unruhe schwang mit.

– Aber das Risiko ist enorm.

Anna legte den Kopf zurück und stützte ihn an die Rumpfwand. Sie schloss kurz die Augen und kehrte in

Gedanken in den Serverraum zurück, wo pulsierende Lichter, das Surren der Ventilatoren und das Summen der Server die Spannung verdichtet hatten. Sie hörte das Echo der Schüsse und Wilks Stimme, der über Funk Befehle gab. Sie erinnerte sich an Claires kurzes Lächeln, das in jenem Moment wie ein Anker im stürmischen Meer gewesen war – ein Ausdruck von Stärke und Hoffnung inmitten der allumfassenden Krise. Für Anna war diese Geste mehr als bloßer Trost; sie erinnerte sie daran, dass sie nicht allein war, selbst angesichts von Ungewissheit und Angst.

Auf den Bordmonitoren war die Flugroute zu sehen. Statusbalken und Flugparameter liefen ab wie ein Countdown bis zum Ende der Reise. Zwei Eurofighter Typhoon flogen parallel zum Transporter, ihre Silhouetten flackerten in der Dunkelheit, wie lautlose Schatten von Wächtern.

Über die Bordsprechanlage ertönte die Stimme des Piloten:
– Wir nähern uns dem polnischen Luftraum. Wir erwarten die Bestätigung des Flugkorridors.

Ein paar Sekunden später füllte die Antwort der Bodenstelle die Kabine mit einer sachlichen Durchsage. An Bord herrschte Stille, die nur vom gleichmäßigen Rauschen der Klimaanlage und den Vibrationen des Rumpfes unterbrochen wurde. Alle wussten, dass die gesicherten Daten der Funke sein konnten, der einen weltweiten Brand entfacht.

Claire sah zu Anna hinüber, deren Finger noch immer auf der Tastatur lagen, obwohl der Bildschirm bereits dunkel

war.
– Hast du schon einen Plan? – flüsterte sie, als wolle sie die Stille nicht stören.

Anna sah sie mit leiser Gewissheit an.
– Ich denke schon. Jetzt müssen wir bereit sein für das, was kommt.

An Bord entstand ein Moment, der sich ins Unendliche zu dehnen schien – voller unausgesprochener Gedanken und Erinnerungen. Die Blicke der beiden Frauen trafen sich, und in diesem kurzen Augenblick wussten sie eines – die Rückkehr nach Ramstein war nur der Anfang. Der größte Kampf stand erst bevor.

Die Triebwerke der C-17 heulten stärker auf, als das Flugzeug den Sinkflug einleitete. Durch die Bullaugen war die Startbahn zu sehen, grell erleuchtet. Die Meldung über die sichere Landung ertönte in den Headsets, doch die Gedanken der Besatzung kreisten weiter um die in den Daten verborgenen Geheimnisse. Anna holte tief Luft und strich mit der Hand über die kalte Oberfläche der Flugzeugwand. In ihrem Herzen pochte nur eines – das Bewusstsein, dass die wahre Schlacht im Schatten politischer Intrigen geschlagen werden würde, weit ab von der Front. Sie hoffte nur, dass sie darauf vorbereitet waren.

6

Im Schatten der Krise

In der Dunkelheit der Nacht wurde die NATO-Basis in Ramstein zum dominierenden Element der Landschaft. Grelle Scheinwerfer durchschnitten die Finsternis, beleuchteten nicht nur die weitläufigen Startbahnen, sondern auch die umliegenden Hügel und schufen einen dramatischen Kontrast zwischen moderner Technologie und natürlicher Landschaft. Die Verteidigungssysteme, sorgfältig in den bewaldeten Arealen verborgen, pulsierten mit einer Aura ständiger Wachsamkeit. Die Geräusche der Motoren gepanzerter SUVs und logistischer Lastwagen, die Nachschub transportierten, bildeten den charakteristischen Rhythmus einer nächtlichen Operation. Jede Bewegung - präzise und abgewogen - spiegelte die organisatorische Schlagkraft dieser monumentalen Basis wider.

Das Flugzeug setzte mit dumpfem, dröhnendem Klang auf der Startbahn auf und versetzte den Boden in sanfte Vibrationen. In der Kabine ertönten das metallische Klicken der Gurtschnallen und das leise Murmeln erschöpfter Passagiere. Die Atmosphäre war dicht, erfüllt von Erleichterung, aber auch von einer schwer greifbaren Anspannung.

– Wir sind da, – sagte Claire, die ebenso viel Erleichterung wie Entschlossenheit in sich zu tragen schien. Ihre Stimme erinnerte an die bevorstehende Arbeit, selbst wenn die Mission im Donbas zu Ende gegangen war.

Außerhalb der Basis, entlang der langen Linien der Startbahn, dominierten gepanzerte SUVs und militärische Transporter. Das Entladen der Ausrüstung erfolgte mit Präzision und Effizienz. In der Ferne flimmerten die Lichter der Wachtürme, und die umliegenden Hügel schienen die Geheimnisse zu schützen, die die Basis verbarg. Ein militärischer SUV setzte sich in Richtung Führungszentrum in Bewegung. Die Straße schlängelte sich durch bewaldetes Gelände. Die kühle Außenluft drang durch die leicht geöffneten Fenster des Fahrzeugs und trug den Geruch feuchter Erde und eines kürzlich niedergegangenen Regens.

Senger starrte aus dem Fenster und beobachtete eine Landschaft, die ihr zwar vertraut war, in diesem Moment jedoch fremd und voller Geheimnisse erschien. Gedanken an die Daten, die über den Bildschirm ihres Laptops gelaufen waren, mischten sich mit Bildern aus dem Donbas. Eine Mischung aus Erleichterung und Unruhe zerrte an ihr.

Aus der Ferne tauchte die stählerne Struktur des Führungszentrums auf; ihre von Scheinwerfern gezeichneten Konturen schienen die Umgebung zu dominieren. Das monumentale Gebäude war das operative Herz der NATO in Europa – ein Ort, an dem Entscheidungen die globale Politik und die militärische Strategie formten.

Als der SUV vor dem Eingang zum Stehen kam. Beim Eintreten spürte Anna, wie die sie umgebende Basis ihre eigenen Emotionen widerspiegelte – sie war eine Festung, doch im Inneren lagen Schichten von Ungewissheit und Anspannung verborgen, die darauf warteten, freigelegt zu werden.

Das pulsierende Herz der Operation

Anna warf den Mantel ab und legte die verschmutzte Uniform frei.

– Wo sind die physischen Datenträger? – fragte Grayson.

– Bei White. Er deponiert sie im NATO-Tresor, – entgegnete Wilk und legte eine bleierne Röhre auf den Tisch.

– Aber ich habe hier etwas für die Analysten. Als der Techniker die Röhre an das System anschloss, hob Anna die Augenbrauen.

– Ihr habt sogar ... Fingerabdrücke auf den Gehäusen gesichert?

– Standard, – knurrte Wilk.

Ihre Finger, obwohl leicht vor Erschöpfung zitternd, bewegten sich präzise über der Tastatur. Das Laufwerk wurde an das Hauptsystem angeschlossen, und auf dem zentralen Hologramm entfaltete sich ein Netz von Verbindungen, so dicht und komplex, dass es an ein kosmisches Spinnennetz erinnerte.

Anna blickte zu Grayson, der auf der anderen Seite des Raums etwas mit Wilk besprach. Sie nutzte den Moment, in dem niemand sie beobachtete, und trat mit Claire in den Schatten der Leitstelle.

– Schau, was wir im Serverraum gefunden haben, – begann Anna, ihre Stimme wurde schärfer.

Blutrote Linien verbanden die Breitenberg Foundation mit einem Netzwerk von über 200 Briefkastenfirmen auf den Cayman-Inseln, in Zypern und in Singapur. Gelb pulsierende Punkte enthüllten Politiker auf der ganzen Welt. Die Namen erschienen einer nach dem anderen:

Senator Richard Vance. Er erhielt 4,5 Millionen USD „Spenden" von einer mit der Melisan Group verbundenen Firma, eine Woche vor der Abstimmung über ein Gesetz zur Deregulierung des Energiemarkts.

Ministerin Élodie Dubois. Ihr Konto auf den Bahamas wurde regelmäßig von Silverstone Global gespeist – im Gegenzug für Ausschreibungen zur digitalen Infrastruktur der Pariser Region.

Abgeordneter Piotr Nowak. Überweisungen von „Vortex Consulting Baltic", korrelierend mit seiner Desinformationskampagne gegen das Projekt einer gemeinsamen EU-Währung.

Die Liste war lang. Claire betrachtete schweigend die Namen.

– Das ... das ist die gesamte globale Elite. Vance? Dubois? Das sind Menschen, die über unsere Leben entscheiden. Wenn das rauskommt ...

– Es MUSS rauskommen! – Anna schlug mit der Faust auf den Tisch.

– Diese Leute spielen mit unseren Leben wie mit Bauern. Banken kollabieren? Menschen verlieren ihre Ersparnisse? Das ist keine „Krise" – das ist ein geplanter Massenabschuss! Vortex und ihre Marionetten im Anzug säen Panik, um die Kontrolle über alles zu übernehmen. Von Geldautomaten bis zu den Medien!

Anna trat von der Konsole zurück. Ihr Blick fiel auf ihren privaten Laptop.

– Claire ... Grayson wird über diplomatische Kanäle gehen wollen. Prozeduren. Ermittlungen. Die Jahre dauern und ... verwässert werden. – Anna holte tief Luft.

– Diese Leute haben die Macht, das alles zu verbergen. Aber sie haben keine Macht über eine Milliarde gewöhnlicher Menschen, die das mit eigenen Augen sehen werden.

Sie trat zum Kommunikator. Ihre Finger tippten schnell die Nachricht, einen verschlüsselten Datenpaket-Anhang beifügend – ausgewählte, unanfechtbare Beweise: Überweisungen, abgehörte Aufnahmen, Planfragmente, eine Namensliste mit ihren konkreten Vergehen.

An: Alex
Betreff: Wahrheit ohne Filter.

Alex. Das ist echt. Quelle: Donbas. Verifizierungscode: Hydra-880. Veröffentliche ALLES. Die Welt soll die Gesichter derer sehen, die sie an den Abgrund stoßen. Vortex ist nur ein Werkzeug. Hier sind die Hände, die es führen. Wir haben keine Zeit. Veröffentliche jetzt.

– A.

Sie klickte auf *Senden.*

Der Bildschirm des Kommunikators erlosch. Anna sank in den Stuhl, plötzlich erdrückt von dem Ausmaß dessen, was sie getan hatte. Die Stille wurde erst von Claires Stimme gebrochen, leise, aber voller Anerkennung:

– Du wirfst eine Granate ins Herz der Bestie. Das könnte unsere einzige Chance sein ... oder ein Urteil.

Anna blickte auf das Hologramm, auf dem die Namen der Politiker noch immer wie offene Wunden pulsierten.

– Sollen sie sich verstecken. Sollen sie lügen. Sollen sie versuchen, es zu ersticken. Aber die Menschen haben es schon gesehen. Wahrheit ist wie ein Virus, Claire. Einmal freigesetzt ... werden sie sie nicht mehr aufhalten. – Ihr Blick war hart, trotz der körperlichen Erschöpfung.

– Sollen Vortex und ihre Marionetten jetzt versuchen, ruhig zu schlafen. Sollen sie es versuchen.

Draußen vor der Basis erhellten die ersten Streifen der Morgendämmerung den Himmel. Die Welt wusste es noch nicht, aber sie hatte sich gerade verändert. Die Informationsbombe war auf den Weg gebracht. Doch Anna hatte keinen Zweifel – das war der einzig richtige Weg. Die Wahrheit musste ans Licht, selbst wenn dieses Licht diejenigen blendete, die sich im Schatten am sichersten fühlten.

***

Am nächsten Tag pulsierte die Kommandozentrale in Ramstein vor Aktivität. Der Führungsraum war voller Analysten, Offiziere und Berater, die Daten prüften, Berichte vorbereiteten und mit verschiedenen Nachrichtendiensten kommunizierten. Auf den Hauptbildschirmen wurden Karten der weltweiten Finanzmärkte, Übertragungen von der Wall Street sowie die neuesten Medienmeldungen angezeigt. Die intensive Atmosphäre war von einem Gefühl der Dringlichkeit durchdrungen, als ob allen bewusst wäre, dass der Einsatz höher war als je zuvor.

Anna und Claire nahmen ihre Plätze im Analysebereich ein; noch benommen von den Ereignissen des Vortags hatten sie nur wenige Stunden geschlafen. Vor ihnen lagen bereits Ausdrucke und Dokumente mit vorläufigen Analyseergebnissen der Serverdaten.

– Die ersten Belege sind eindeutig – begann Claire und deutete auf eines der Dokumente.

– Finanztransaktionen liefen über ein Netzwerk von Scheinfirmen, darunter die Breitenberg Foundation. Aber sie sind nicht die Einzigen.

Anna machte mit einer Handbewegung klar, dass sie übernahm.

– Die Breitenberg Foundation ist nur der Anfang. Wir haben das Transaktionsmuster analysiert und herausgefunden, dass die Gelder zu mehreren Schlüsselkonzernen umgeleitet werden – fügte sie hinzu.

– Aber auch zu Politikern, Non-Profit-Organisationen und sogar Wahlkampagnen.

Auf dem Bildschirm erschien eine interaktive Weltkarte mit Linien, die die Finanzflüsse markierten. Jede Linie symbolisierte den Weg des Geldes – von Asien über Europa bis in die Vereinigten Staaten.

Claire wies auf einen der Punkte auf der Karte.

– Das ist die Verbindung zur Melisan Group. Offiziell beschäftigen sie sich mit erneuerbarer Energie, tatsächlich fungieren sie aber als Mittelsmann für Geldwäsche. Wir haben konkrete Belege für ihre Transaktionen mit Steueroasen.

Anna blickte auf einen weiteren Punkt.

– Und das ist Silverstone Global, eine Firma für Fondsmanagement. Sie haben Verbindungen zu Schlüsselpersonen an der Wall Street und in Washington – sagte sie und zeigte auf Daten, die Transaktionen mit hoher Summe belegten.

– Die Zeitreihenanalyse zeigt, dass die größte Aktivität in Phasen wirtschaftlicher Krisen stattfand.

Im Saal kehrte Stille ein, als die Daten sich zu einem vollständigeren Bild fügten. General Ethan Grayson, der am Kommandotisch stand, ergriff schließlich das Wort:
– Wir haben Beweise für einen koordinierten Angriff. Jemand hat das über Jahre geplant. Ihre Operationen mussten viele Schichten aus Absicherung und Desinformation umfassen, um das eigentliche Ziel zu verbergen.

Anna blickte auf ein weiteres Datenpaket, das ihr soeben ein Analyst übermittelt hatte.
– Russland wurde als Deckmantel benutzt – sagte sie, und der Raum wurde noch stiller.
– Alle falschen Fährten, Sanktionen und angeblichen nachrichtendienstlichen Operationen sollten uns ablenken. In Wahrheit stehen hinter dem Großteil dieser Aktionen andere Kräfte.

– Die Breitenbergs haben ein komplexes Netz von Tochtergesellschaften geschaffen. Vortex Foundation, Melisan Group, Silverstone Global – das ist nur die Spitze des Eisbergs. Und ihre Eigentümer sind keine Zufallsfiguren. Wir sprechen von mächtigen Finanzdynastien, die sich über Jahrzehnte der Aufmerksamkeit entzogen haben – von Investmentdynastien in London über Gruppen in Israel bis hin zu geheimnisvollen Familien, die aus neutralen Steueroasen operieren. Einige dieser Familien haben Verbindungen, die bis in die Zeit des Kalten Krieges zurückreichen.

Grayson trat näher heran.
– Willst du sagen, dass dies kein Angriff von außen ist, sondern ein inneres Kräftemessen der globalen Finanzeliten?

Anna bestätigte es, ihr Ton war bestimmt.
– Ja. Vortex und ihr Verflechtungsnetz haben den Dollar bewusst getroffen, um die Kontrolle über das globale Finanzsystem zu übernehmen. Ihr Vorgehen war geschickt unter dem Deckmantel russischer Aggression getarnt, aber Russland ist hier nur ein Bauer in einem größeren Spiel. Falsche Daten, Medienmanipulationen und fingierte Geheimdienstberichte sind Teil ihrer Strategie.

Claire ergänzte:
– Viele dieser Aktionen führen auch zu einflussreichen Personen in der Politik. Wahlkampagnen in den USA, einige Stiftungen in Europa und sogar Investitionen in Asien. Alle scheinen in dieses Labyrinth hineingezogen worden zu sein. Es sieht so aus, als sei ihr Ziel eine langfristige Destabilisierung.

Auf dem Bildschirm erschienen Namen, Gesichter und Firmennamen – einige davon allgemein bekannt, andere agierten im Schatten. Anna wies auf einen davon.
– Die Verbindungen reichen auch zu längst vergessenen Finanzhäusern, die Schlüsselaktiva kontrollieren und die internationale Politik beeinflussen. Ihr Ziel ist es, Chaos zu erzeugen, das ihnen die Machtübernahme über den globalen Markt ermöglicht.

Grayson blickte auf die Karte.
– Wir müssen Beweise für den Gipfel in Genf vorbereiten.

Wenn wir diese Verbindungen offenlegen wollen, brauchen wir etwas Unanfechtbares. Wir brauchen konkrete Namen und Transaktionen, die keinen Zweifel lassen.

Anna und Claire tauschten Blicke. Sie wussten, dass dies erst der Anfang war, ein Netz aufzudecken, dessen Fäden die ganze Welt umspannten. In der angespannten Atmosphäre lag auch Hoffnung – die Hoffnung, dass ihre Arbeit die Wahrheit vor der internationalen Gemeinschaft ans Licht bringen könnte.

Gipfeltreffen in Genf

Einige Tage nach den Ereignissen in Ramstein fand im luxuriösen Konferenzzentrum in Genf ein außerordentliches Treffen der Weltführer statt, das „Gaia-Gipfel" genannt wurde. Der monumentale, moderne Saal, dessen Wände von Displays mit Daten und Karten globaler Krisen geschmückt waren, wurde zum Ort von Debatten über die Zukunft der internationalen Ordnung. Im Saal versammelten sich Staats- und Regierungschefs, Vertreter zahlreicher Staaten, Repräsentanten der NATO und der UNO sowie führende Ökonomen. Allen war bewusst, dass es bei diesem Treffen um die Zukunft des weltweiten Wirtschaftssystems ging.

Am zentralen, halbmondförmigen Tisch nahm die Delegation der Vereinigten Staaten Platz, angeführt vom Präsidenten, dessen Gesicht die Last der Verantwortung verriet.
– Der Dollar hat dramatisch an Wert verloren. Die Nasdaq

hat den Handel ausgesetzt, und in 14 Ländern haben die Banken die Auszahlungen gestoppt. Das ist keine lokale Krise – das ist ein globaler Flächenbrand. Ich schlage sofortige gemeinsame Währungsinterventionen vor. – donnerte der US-Präsident.

Der chinesische Finanzminister Zhang Wei sprach mit ruhigem, beinahe sanftem Ton, in dem jedoch ein Hauch von Triumph mitschwang:

– Eure Weltordnung hat uns an den Rand dieses Abgrunds geführt. Der chinesische Yuan kann die Rolle des globalen Stabilisators übernehmen – allerdings unter der Bedingung einer radikalen Reform des Internationalen Währungsfonds sowie der vollständigen Abschaffung der Dollar-Dominanz.

Der französische Präsident Laurent Dubois fuhr heftig hoch, das Gesicht vor Empörung gerötet:

– Das wäre der Ersatz einer Hegemonie durch eine andere! Sehen Sie sich die von Frau Anna Senger vorgelegten Daten an! – Er wies auf die junge Analystin, die an der Konsole stand. – Nicht China oder Russland stehen hinter diesem Chaos! Die wahren Schuldigen sitzen diesem Tisch sehr viel näher!

Anna Senger startete mit ruhiger, entschlossener Stimme die Präsentation:

– Unsere Beweise deuten auf ein internationales politisch-unternehmerisches Netzwerk hin, das die globalen Systeme bewusst destabilisiert. Es ist ein durchdacht konzipierter Plan des Chaos, der Bedingungen schaffen

soll, die es ausgewählten Akteuren erlauben, auf Kosten der weltweiten Stabilität Gewinne zu erzielen.
– Die Daten, die wir im Donbass erlangt haben, offenbarten präzise entworfene Algorithmen, die die Börsen manipulierten und künstliche Paniken erzeugten. Wir haben Transaktionsmuster entdeckt, die darauf hinweisen, dass Kapitalbewegungen mit zentralen politischen und medialen Ereignissen synchronisiert waren – ein Beleg dafür, dass die Krise lange vor ihrem offiziellen Beginn geplant wurde.

Claire übernahm das Wort.
– Außerdem enthielten die erbeuteten Server kodierte Anweisungen für Zentralbanken und private Investmentfonds. Ihre Aufgabe war es, die Marktliquidität zu bestimmten Zeitpunkten gezielt abzuziehen, was das Chaos verstärkte und zu globalen Kreditkrisen führte.

Anna wies auf den holografischen Bildschirm hinter sich:
– Am schockierendsten waren jedoch die Mitschnitte von Gesprächen ranghoher Politiker und Bankchefs, die offen darüber sprachen, wie man die finanzielle Destabilisierung nutzen könne, um neue Regulierungen durchzusetzen und die eigene Kontrolle über die weltweiten Ressourcen zu festigen. Die genannten Namen sind erschütternd!

Schweigen senkte sich schwer über den Saal, als Claire hinzufügte:
– Wir fanden auch Belege dafür, dass einige Regierungen Warnungen ihrer eigenen Geheimdienste bewusst ignorierten und damit Konzernen wie der Vortex Company

oder der Melisan Group freie Hand ließen, Operationen zur wirtschaftlichen Destabilisierung durchzuführen.

Anna schloss mit Nachdruck:

– Dieses Material lässt keinen Raum für Zweifel. Wir haben es mit einer präzise geplanten Operation zu tun, deren Ziel ein neuer Wirtschaftsordnung ist – kontrolliert von einer engen Elite und bezahlt von Millionen gewöhnlicher Menschen.

Ihre Worte schnitten durch das Stimmengewirr und sorgten für Unruhe unter den Delegierten. Staats- und Regierungschefs tauschten Blicke, ihre Berater notierten fieberhaft Details. Der Blick des US-Präsidenten glitt zu Anna; in seinen Augen lag stumme Zustimmung.

– Daten der Bank of England zeigen, dass physisches Gold aus den Depots verschwindet. Leere Kontrakte auf der Grafik decken sich mit den Transaktionen der Breitenberg Foundation – warf der japanische Delegierte ein. – Außerdem wurde festgestellt, dass 73 % der algorithmischen Angriffe aus Cloud-Infrastruktur in Singapur stammen.

In diesem Moment ergriff General Grayson das Wort; sein Ton war bestimmt und duldet keinen Widerspruch:

– Die aktuelle Lage erfordert Handeln hier und jetzt. Unser Ziel ist nicht nur, die Täter zu identifizieren, sondern auch einen Plan zu schaffen, der die globale Stabilität wiederherstellt. Verzögerungen können wir uns nicht leisten. – schloss er.

Der Saal, eben noch voller Zweifel, begann Energie zu gewinnen. Man begann, die Einführung einer möglichen neuen digitalen Währung zu erörtern. Auf den Bildschirmen erschienen Handlungsszenarien – von globalen Finanzregeln bis hin zur Etablierung neuer Mechanismen zur Überwachung von Kapitalströmen.

Der südafrikanische Präsident Thabo Mbeki erhob sich:

– Jahrzehntelang habt ihr uns gesagt: „Passt euch den globalen Regeln an! Öffnet eure Märkte!" Jetzt, da diese Regeln euch verraten haben, da dieses System euch um die Ohren geflogen ist, erwartet ihr, dass wir euch noch mehr Macht überlassen?! Wo war euer großartiges System, als Afrika in Schulden versank? Wo war es, als unsere Kinder verhungerten und ihr die Kreditbedingungen diktiertet?!

Der brasilianische Präsident Carlos Silva verschluckte sich an seinem Kaffee und wandte sich an Anna:

– Verzeihen Sie, Frau Senger, aber wird diese vorgeschlagene digitale Währung nicht die letztendliche Macht in die Hände von Technokraten legen? Wer kontrolliert die Algorithmen, die über den Wert unserer Volkswirtschaften entscheiden? Und wer garantiert, dass Länder wie Ghana oder Indonesien in diesem neuen System gleiche Rechte haben?

Der russische UN-Botschafter Pawel Nowikow äußerte sich ironisch:

– Faszinierend, dass ausgerechnet jene, die dieses globale Schlamassel angerichtet haben, uns jetzt eine Medizin in Form eines weiteren komplizierten Systems anbieten.

Prinz Abdulaziz, der Energieminister Saudi-Arabiens, schlug eine pragmatische Lösung vor:

– Saudi-Arabien wird die tägliche Ölförderung um fünf Millionen Barrel erhöhen, um die Lage kurzfristig zu stabilisieren. Zugleich unterstützen wir die Einführung eines langfristigen Regulierungsmechanismus.

Anna Senger übernahm die Initiative:
– Wir schlagen ein System einer globalen digitalen Reservewährung vor, basierend auf Blockchain-Technologie und verwaltet von internationalen Institutionen. Dieses System gewährleistet Transparenz, Sicherheit und die Abwesenheit einer Dominanz durch einen einzelnen Staat.

Chinas Minister Zhang Wei ergänzte entschieden:
– Die Blockchain muss gleichberechtigt von Peking, Brüssel und Washington verwaltet werden – mit vollständiger, prüfbarer Transparenz.

Botschafter Nowikow stand auf und ging zur Tür. Am Ausgang blieb er einen Moment stehen und drehte sich um:
– Viel Glück ... ihr Gefangenen eures eigenen Systems. – Sein Blick fiel auf das Gesicht von Prinz Abdulaziz. – Bedenken Sie, Eure Hoheit: Gold behält immer seinen Glanz. Selbst wenn die digitalen Lichter ausgehen.

Nach einem kurzen Schweigen erhob sich der US-Präsident, tief bewegt:
– Das Projekt Gaia ist unsere letzte Chance. Wir müssen zeigen, dass wir aus Fehlern lernen und gemeinsam handeln können.

Langsam, nacheinander, hoben die Staats- und Regierungschefs die Hand zur Zustimmung. Nur der südafrikanische Präsident Thabo Mbeki blieb reglos und bekundete seinen Widerstand gegen die Dominanz der reichen Staaten.

– Jeder Tag Verzögerung vertieft das Chaos. Wir haben die Möglichkeiten, wir haben die Werkzeuge – aber wir brauchen Einigkeit im Handeln. Dies ist nicht die Zeit für Spaltungen.

Ihre Worte hallten im Saal nach, und die Teilnehmer begannen, die vorgelegten Vorschläge intensiv zu diskutieren. Die Atmosphäre blieb angespannt, nahm jedoch zunehmend den Charakter konstruktiver Zusammenarbeit an.

Als die Sitzung zu Ende ging, verließen alle den Saal mit deutlich sichtbarer Müdigkeit in den Gesichtern – aber auch mit neuer Energie zum Handeln.

Am Abend, als Genf langsam zur Ruhe zu kommen schien, arbeiteten Anna und Claire in einem kleinen Raum neben dem Hauptkonferenzsaal. Vor ihnen lagen auf dem Tisch Berichte, Karten und Daten, die von den Analysten aus Ramstein übermittelt wurden. Claire, mit einem Becher inzwischen kalten Kaffees, blätterte durch die nächsten Seiten.

– Weißt du, was am beängstigendsten ist? – fragte sie, ohne den Blick von den Papieren zu heben.

– Dass selbst jetzt einige von ihnen versuchen, ihre eigenen Interessen zu schützen, statt an die globale Stabilität zu denken.

Anna sah sie an und löste den Blick vom Laptop-Bildschirm:

– Die Menschen werden immer zuerst versuchen, sich selbst zu schützen. Unsere Aufgabe ist, sicherzustellen, dass sie verstehen, dass ihr Überleben von Zusammenarbeit abhängt. – Hast du diese Clips von Alex gesehen? – Claire hob den Blick von den Unterlagen.
– Ordentliche Reichweite ... und ordentliches Feuer darunter. Anna seufzte und klickte auf den nächsten Tab:
– Genau davor hatte ich Angst. Viralität ist schneller als Verfahren.

Claire kniff die Augen zusammen.
– Diesmal hat er in einer Stunde die Million geknackt.
– Und jeder dieser Millionen ist eine weitere wütende Stimme – murmelte Anna. – Wir müssen der Erzählung voraus sein, bevor sie uns damit zudecken.

General Grayson betrat den Raum und hielt neue Daten in der Hand.
– Ich habe frische Informationen von deinen Vorgesetzten, Claire – sagte er und legte die Dokumente auf den Tisch.
– Eine weitere große Gruppe bekannter Konzerne könnte an der Destabilisierung beteiligt sein. Ihre Bewegungen sind subtil, aber in diesen Daten erkennbar.

Claire hob eine Augenbraue und überflog die markierten Informationen:
– Wenn das stimmt, müssen wir schnell handeln. Jede Verzögerung spielt ihnen in die Karten.

Anna dachte nach, während sie die Informationen analysierte.
– Morgen müssen wir das präsentieren. Wenn dieser Gipfel

reale Ergebnisse bringen soll, müssen wir ihnen einen Schritt voraus sein.

Alle stimmten schweigend zu und bereiteten sich auf einen weiteren Tag voller Herausforderungen und Gespräche vor, die über das Schicksal der Welt entscheiden konnten.

Am nächsten Tag wurde nach langen Verhandlungen in Genf ein neuer, gemeinsam erarbeiteter Plan vorgestellt, der „Gaia" genannt wurde und das globale Finanzsystem stabilisieren sollte. Sein Hauptziel war es, neue Regeln zu schaffen, die künftige Krisen vermeiden helfen und die weltweite wirtschaftliche Zusammenarbeit verbessern.

Zentrale Eckpunkte des Projekts „Gaia"

Globale digitale Reservewährung:

Sollte den Dollar als wichtigste Währung im internationalen Handel ersetzen.

Auf Blockchain-Technologie basierend, würde sie Transparenz und Sicherheit gewährleisten.

Verwaltet von einer Gruppe internationaler Institutionen, um Balance zu sichern und die Dominanz eines einzelnen Landes zu verhindern.

Globale Regulierungsagentur:

Ihre Aufgabe wäre die Überwachung von Kapitalströmen, die Bekämpfung von Geldwäsche und das Schließen von Firmen, die im Verborgenen agieren.

Sie sollte klare Regeln für große Unternehmen und Finanzinstitute einführen.

Mehr finanzielle Transparenz:
Pflicht zur Offenlegung von Kapitalverflechtungen durch Konzerne.
Regelmäßige Finanz-Audits und die Schaffung allgemein zugänglicher Transaktionsregister.

Der „Global Pact", der am Ende des Gipfels unterzeichnet wurde, nahm die Arbeit am Projekt offiziell auf. Anna war jedoch klar, dass dies erst der Anfang war. Die Gruppen, die vom Chaos profitiert hatten, könnten versuchen, die Veränderungen aufzuhalten.

7

AM RANDE DER ZUKUNFT

Der letzte Akt des Genfer Gipfels spielte sich in Stille ab. Die Diplomaten packten Mappen mit unvollendeten Vereinbarungen ein, und in der Hauptlobby war nur das Rollen der Koffer auf dem Marmorboden zu hören. General Grayson drückte Annas Hand mit kurzer, militärischer Geste:

– Melde dich in 72 Stunden in Ramstein. Ich hoffe, du findest in der Schweiz mehr Ruhe als wir hier.

Claire trat mit einem Ticket nach New York in der Hand hinzu. In ihren Augen blitzte – zum ersten Mal – etwas Weiches auf:

– Versoix ist ein guter Ort, um durchzuatmen. Nach diesem Zirkus ... hast du es dir verdient.

– Danke – antwortete Anna.

– Falls etwas ist ... du hast meine Nummer.

– Und du hast meine – lächelte Anna.

– Die Welt geht noch nicht unter. Aber wenn doch … dann ist es gut, dass du auf unserer Seite warst.

Anna ging die Treppen hinunter, mit einer kleinen Tasche über der Schulter. Das Konferenzzentrum war leer geworden – nur Sicherheitsleute, Techniker und ein paar Journalisten, die sich mit Kameras aneinander vorbeidrängten, blieben zurück. Anna drehte sich noch einmal um und blickte auf das Gebäude, das in den letzten Tagen das Zentrum der Welt gewesen war.

Sie erreichte den Bahnhof Genève-Cornavin, der aussah wie immer – sauber, funktional, mit Präzision gestaltet. Auf den Abfahrtstafeln erschienen vereinzelte Verspätungen. Einige Reisende sprachen gedämpft am Telefon, andere saßen schweigend da und starrten auf ihre Bildschirme.

Der Zug nach Versoix fuhr pünktlich ein, als wollte er beweisen, dass Ordnung noch existiert. Der moderne, silber-rote Zug hielt mit einem leisen Zischen der Türen. Anna stieg ein, ging an den Sitzen vorbei. Sie setzte sich ans Fenster. Schob die Tasche unter die Füße und lehnte den Kopf an die Kopfstütze. Einen Moment lang sah sie zu den Leuten – müde, schweigend.

Sie legte die Stirn an die kühle Scheibe des Regionalwagens. Draußen lag der Genfersee – eine spiegelnde Fläche, die den rosigen Sonnenuntergang reflektierte. Ganz anders als die aufgewühlten Wasser des East River. Erinnerungen kamen in Wellen zurück: Der Vater führt sie an der Hand über einen hölzernen Steg. „Sieh mal, Liebling –

selbst der stärkste Sturm hinterlässt Ruhe. So ist auch der Markt."

Der Zug hielt in Versoix. Wenige Minuten später stand sie schon vor der vertrauten Tür.

Im Haus roch es nach Zimt und gebackenen Äpfeln. Anna zog im Flur die Schuhe aus und blieb einen Moment einfach stehen, atmete den vertrauten Duft ein. Die Wärme aus der Küche hüllte sie wie eine Decke ein.

– Du bist da! – Die Stimme von Großmutter Tamara kam aus dem zweiten Zimmer.

Sie ging in die Küche. Die Großmutter holte gerade ein Blech Apfelkuchen aus dem Ofen. Sie trug eine alte, ausgewaschene Schürze mit Karomuster und einen Blick, der keine unnötigen Fragen stellte.

– Setz dich, ich habe Tee gemacht. Mit Himbeere, deinen liebsten.

Anna setzte sich an den Tisch. Sie legte die Hände auf die hölzerne Tischplatte, schmerzhaft vertraut. So oft hatte sie hier Hausaufgaben gemacht, Bücher gelesen, ihre ersten Analysen geschrieben.

– Wie geht es dir? – fragte die Großmutter und goss Tee in eine Tasse mit leicht abgesplittertem Henkel.

– Ich bin ... müde – antwortete Anna leise. – Aber das ist gut. Müdigkeit bedeutet, dass man etwas tut.

Die Großmutter stellte die Tasse vor sie hin und setzte sich auf die andere Seite des Tisches.

– Dann mach heute gar nichts. Morgen kannst du auch nichts machen. Die Welt wartet.

– Wohl eher nicht – murmelte Anna und nahm einen Schluck.
– Dann iss wenigstens ein Stück Kuchen, bevor dir wieder die ganze Welt auf den Kopf fällt.

Sie lächelte. Sie nahm die Gabel und probierte. Der Geschmack war genau wie immer.
– Schmeckt's?
– Es schmeckt, mir hat das in den letzten Wochen gefehlt.

Die Großmutter nickte nur, und eine Weile saßen sie einfach schweigend da, lauschten den Geräuschen der alten Uhr und dem leisen Knistern des Ofens. Stille, aber eine gute Stille. Eine, die nicht erdrückt, sondern beruhigt.

Im Halbdunkel des Salons standen dieselben Möbel: Großmutter Tamaras Klavier, ein Regal mit vergilbten Bänden der Ökonomie, und auf dem Kamin – ein silberner Rahmen. Ein Foto vom See: sie, zehn Jahre alt, die Hand des Vaters festhaltend, und Markus zeigt auf ein Segelboot. „Siehst du diese Welle? Erst schlägt sie zu, dann schafft sie eine neue Ordnung." Als sie die Lampe über dem Schreibtisch einschaltete, zerriss ein Vibrieren die Stille. Unbekannte Nummer. Eine Frauenstimme, Englisch mit leichtem Akzent:
– Frau Senger? Ich bin Dr. Lena Navarro. Ich habe Ihre Analyse der Vortex-Flüsse gesehen und das, was Sie aus dem Breitenberg-Bericht herausgelesen haben. Wir brauchen Sie im Projekt Gaia.

Draußen flackerte das Licht einer Straßenlaterne auf und beleuchtete das Foto auf dem Kamin. Auf dem See kämpfte jenes Segelboot immer noch mit der Welle. Annas Augen glänzten. Sie versuchte, die Emotionen zu zügeln, und antwortete:

- Ich mache gerne mit.

- Ich freue mich sehr! Ich sende Ihnen die Details per E-Mail. Bis bald!

Am nächsten Morgen, in Versoix, versuchte Anna, im Großvatersessel im Elternhaus einen Moment Ruhe zu finden. Das Morgenlicht fiel in den geräumigen Salon, und der Blick auf den Genfersee vor dem Fenster schien die Gedanken zu beruhigen. Mit einer Tasse Tee in der Hand sah sie in die knisternden Flammen im Kamin. Graysons Worte klangen ihr noch im Kopf: „Jede deiner Handlungen ist jetzt ein Kampf um die Zukunft."

Der Ton einer Benachrichtigung am Laptop unterbrach ihre Gedanken. Der Betreff der Nachricht lautete: „Einladung zum Projekt Gaia". Anna klickte, während in ihr neue Energie zum Handeln wuchs:

„Sehr geehrte Frau Senger,
Ihre Leistungen in der Finanzanalyse und Ihre Entdeckungen zu globalen Kapitalströmen waren entscheidend für das Verständnis der aktuellen Krise. Ihre Berichte haben eine grundlegende Rolle bei der Gestaltung der Strategie der neuen Finanzordnung gespielt.
Wir freuen uns sehr über Ihre Mitarbeit im Team des Projekts Gaia, dessen Ziel die Schaffung globaler wirtschaftlicher Stabilität ist. Das erste Treffen findet im Schlüsselzentrum

für Finanzsteuerung und -aufsicht Swiss Fort statt, unserem hochmodernen Forschungs- und Analysezentrum bei Genf.
Ein Wagen holt Sie morgen um 9.00 ab.
Mit freundlichen Grüßen,
Dr. Elena Navarro, Koordinatorin des Projekts Gaia"

Anna blickte einen Moment auf den Bildschirm, dann legte sie den Laptop beiseite. Ihre Gedanken wanderten zurück zu den Kindheitserinnerungen in diesem Haus, das für sie immer ein Zufluchtsort gewesen war. Jetzt aber würde sie diesen Ort verlassen, um sich einer der größten Herausforderungen ihres Lebens zu stellen.

Am Abend trat sie auf die Terrasse. Die Luft war kühl, aber frisch. Über dem See lag Stille, als hielte die ganze Welt den Atem an. Großvater Antoni saß in seinem Lieblingssessel, in einen Schal gehüllt, mit einer Tasse Tee in der Hand. Daneben lagen eine gefaltete Zeitung und eine Brille.

– Komm, setz dich – sagte er, ohne den Kopf zu drehen. – Der Ausblick ist heute schön.

Anna setzte sich dazu, und eine Zeit lang schauten sie gemeinsam schweigend nach vorne.

– Du hast noch nichts gesagt, und ich weiß schon, dass du dich wieder in etwas hineinbegibst – warf er schließlich mit einem leichten Lächeln hin.

– Ich weiß nicht, ob „hineinbegibst". Vielleicht eher … eine Fortsetzung – antwortete Anna.

Der Großvater nickte.

– Wenn du etwas Einfaches hättest machen wollen, wärst

du hiergeblieben. Hättest in einer Genfer Bank gearbeitet, dir einen Buchhalter als Freund gesucht und Orchideen gezüchtet.

– Verlockend – murmelte sie.

– Nur nicht für dich – entgegnete er ruhig. – Du warst immer eine von denen, die mehr verstehen wollen, als man auf den ersten Blick sieht.

Er rührte den Tee mit dem Löffel um.

– Du weißt, dass wir uns Sorgen machen. Aber wir sind auch stolz. Und ich weiß, du brauchst das nicht oft zu hören. Also sage ich es einmal.

Er sah sie ernst an.

– Du hast einen starken Kopf und dein Herz sitzt am rechten Fleck. Und das führt dich.

Anna nickte leicht. Sie brauchte keine längere Rede. Diese Worte genügten.

– Danke, Opa.

– Nur denk an eines – fügte er hinzu und sah sie aus dem Augenwinkel an. – Wenn man irgendwann ein Buch über dich schreibt, soll auch darin stehen, dass du wusstest, wann man sich hinsetzt und auf der Terrasse einen Tee trinkt.

Sie lächelte. Leise. Aufrichtig.

Sie saßen noch eine Weile zusammen da, lauschten den Geräuschen der Nacht und dem leisen Summen der Insekten. Und dem Gefühl, dass die Welt – für einen Moment – nichts von ihr verlangte.

Neuer Weg

Früh am Morgen stieg Anna in den schwarzen Wagen, der vor dem Haus auf sie wartete. Der Fahrer, in einen dunklen Anzug gekleidet, gab wortlos das Zeichen zur Abfahrt. Der Wagen setzte sich langsam in Bewegung, und die Landschaft vor dem Fenster ließ die Grenze zwischen Wirklichkeit und Postkartenidylle verschwimmen. Grüne Täler breiteten sich wie ein Teppich aus, gesprenkelt mit kleinen Dörfern, und Kirchtürme tauchten aus dem Nebel auf, der über den Flüssen hing. Die Straße schlängelte sich zwischen steilen Berghängen, hier und da erschienen von Wald umgebene Hütten.

Als die Landschaft rauer wurde und die Täler schneebedeckten Gipfeln wichen, bog der Wagen auf eine schmale Straße ein, die in den felsigen Hang gegraben war. Anna konnte den Blick nicht von der umgebenden Natur lösen – weiße Schneekappen krönten die Bergspitzen, und Wasserfälle, die aus großer Höhe herabstürzten, zerschellten an den Felsen und froren an den Seiten zu dicken Eisbändern. Plötzlich wurde die Straße enger, und der Wagen fuhr in einen in den Fels gehauenen Tunnel. Es war dunkel, doch an den Wänden erschienen zarte, blaue Lichter, die den Durchgang erhellten.

Als sie den Tunnel verließen, breitete sich vor Anna ein Anblick aus, der ihr den Atem nahm. Am Horizont erschien Swiss Fort – ein monumentaler Komplex, in den felsigen

Berghang eingebettet. Die Konstruktion schien sich in die umgebende Landschaft einzufügen und zugleich die modernen Glasfassaden zu betonen, die die herbe Schönheit der Berge widerspiegelten. Futuristische Elemente wie ein Landeplatz für Hubschrauber auf einer der höheren Ebenen oder in die Felsflächen integrierte Solarpaneele unterstrichen den technologischen Fortschritt dieses Ortes.

Der Wagen hielt vor gewaltigen Stahltoren, die in den Berghang eingelassen waren. Wachen in schwarzen Uniformen traten an das Fahrzeug heran; ihr professionelles Auftreten und ihre entschlossenen Bewegungen ließen erkennen, dass dies ein Ort mit höchster Sicherheitsstufe war. Anna stieg aus und spürte die Kühle der Bergluft. Einen Moment lang betrachtete sie die monumentale Struktur, die Stärke und Gewissheit auszustrahlen schien.

Am Eingang erwartete sie ein Assistent, der sie mit einem freundlichen, aber professionellen Lächeln ins Innere bat. Als Anna durch die Türen trat, umgab sie der Glanz futuristischer Innenräume. Das Hauptfoyer war weitläufig, mit hoher Decke und Glaswänden, durch die man auf die umliegenden Berge blickte. Hologramme zeigten Finanzdaten und Karten globaler Kapitalströme, und leise Musik im Hintergrund verlieh dem Ort eine Atmosphäre der Konzentration.

Anna atmete tief durch und wurde sich bewusst, dass von nun an jede ihrer Entscheidungen die Zukunft beeinflussen würde. Sie war bereit für die Herausforderungen, die sie in Swiss Fort erwarteten.

Im Inneren von Swiss Fort war es ebenso beeindruckend wie außen. Der große Konferenzsaal, umgeben von Glaswänden, bot einen Panoramablick auf das Genfer Becken. In der Ferne erstreckten sich grüne Hügel, durchzogen vom See, der im Sonnenlicht wie Glasflächen glitzerte. Dieser Anblick verlieh dem Raum nicht nur Weite, sondern inspirierte das Team zu kreativem Denken und erinnerte an die globale Bedeutung ihrer Arbeit. Das minimalistische Interieur betonte die fortschrittliche Technologie des Ortes. An den Wänden befanden sich interaktive Bildschirme zur Visualisierung von Echtzeitdaten, und in den Tisch integrierte Terminals ermöglichten den sofortigen Zugriff auf globale Analyse-Netzwerke. In den Ecken des Saals waren diskrete Hologrammprojektoren installiert, die komplexe Modelle und finanzielle Simulationen darstellen, dynamische Karten erzeugen und die gemeinsame Analyse des Teams erleichtern konnten. Zentrales Element des Raumes war ein ringförmiger Tisch, an dem die Schlüsselmitglieder des Projekts Gaia Platz genommen hatten. Die Atmosphäre war fokussiert und zugleich von Spannung erfüllt – allen war bewusst, dass ihre Arbeit die globale wirtschaftliche Stabilität beeinflussen würde.

Das kalte, sterile Licht des Konferenzsaals von Swiss Fort schnitt die Silhouetten von vier Personen. An der Spitze – Dr. Elena Navarro, Expertin für KI. Ihr Blick, scharf wie ein Laser, durchschnitt die Luft, weckte Respekt und elektrisierte die Atmosphäre. Die Projektleiterin, Architektin der neuen Ordnung, mit tiefem Verständnis globaler

Wirtschaftsstrukturen, nickte der Neuankömmling zu. Ihre Stimme war tief, kraftvoll:
– Anna, willkommen. Deine Arbeit hat den Lauf der Geschichte bereits verändert. Wir stehen am Rand eines großen Umbruchs, und deine Analyse wird unser Kompass sein.

Neben ihr, ausstrahlend eine ruhige, intellektuelle Kraft, stand Prof. Kenji Yamamoto. Seine prädiktiven Modelle, die in der Vergangenheit Krisen in Europa und Asien eingedämmt hatten, waren in Finanzkreisen Legende.
– Es freut mich sehr, dich kennenzulernen, Anna. Gemeinsam schaffen wir unsere Antwort auf dieses Chaos – sagte er feierlich.

Auf der anderen Seite des Tisches, wie ein lebendiger Schild, Dr. Nora Blake. Ihre Unerbittlichkeit war so laut wie das bahnbrechende Überwachungssystem, das koordinierte Angriffe auf europäische Institutionen erstickt hatte. Expertin für Cybersicherheit, Wächterin von Gaia, sah sie hart. Ihre bloße Präsenz war ein Versprechen einer undurchdringlichen Festung.

Den Vierer vervollständigte Vincent Roy, Visionär, dessen Cloud-Lösungen das Rückgrat von Swiss Fort bildeten. Er lächelte leicht, doch in seinen Augen brannte das Feuer des Schaffens.
– Swiss Fort ist nur die Basis, Anna – warf er hin und wies auf das Zentrum des Saals. – Gaia wird global sein, und dein Beitrag entscheidend. Wir freuen uns, dass du schon bei uns bist.

Die Lichter erloschen. In der Mitte des Raumes entlud sich ein Sturm aus Licht und Daten. Fortschrittliche Hologramme, lebendig und dynamisch, entfalteten sich in der Luft – wirbelnde Netze globaler Kapitalströme, pulsierende Knoten der Verbindungen, und im Herzen die Visualisierung einer neuen Währung: GLO Global.

– Gaia ist mehr als ein System – Navarros Stimme schwebte über der kreisenden Vision – Wir schaffen eine globale Reservewährung – GLO. Blockchain-basiert, fälschungssicher, vollkommen transparent. Sie reduziert spekulative Risiken, klärt Unschärfen internationaler Transaktionen. Das ist das Fundament der Stabilität.

Yamamoto wies auf die aus dem Hologramm sprudelnden Ströme prädiktiver Daten.

– Dank deiner Analysen, Anna – wandte er sich direkt an sie, seine Stimme voller dringlichen Bedarfs – können wir Gaia so fein abstimmen, dass Krisen antizipiert werden. Wie jener Einbruch des Anleihemarkts in Europa, den wir dadurch abwenden konnten. Das verändert alles. Das ist die Zukunft des Risikomanagements.

Blake trat vor, ihre Gestalt scharf vor dem Hintergrund der flackernden Sicherheitsvisualisierungen.

– Die Bedrohungen sind real und gewaltig – warnte sie, ihr Ton ließ keinen Zweifel.

– Jeder Angriff auf Gaia trifft das Fundament der neuen Welt. Darum ist dein Wissen über Manipulationen unbezahlbar. Das ist unsere Waffe im Schatten.

Vincent Roy hob den Kopf und sah in den pulsierenden Kern von Gaia.

– Swiss Fort ist der Ausgangsbasis – stellte er fest – Gaia wird zur Säule der globalen Ordnung. Wir müssen dynamische Analysewerkzeuge in der Cloud perfektionieren. Datenverarbeitung in Echtzeit. Unmittelbare Reaktion auf Marktturbulenzen. Er drehte sich um; sein Blick umfasste alle.

– Das ist eine Revolution im Management der weltweiten Ressourcen! – seine Begeisterung war spürbar.

Die Hologramme pulsierten, und in der Luft lag eine unumkehrbare Entscheidung und das Gewicht der Hoffnung von Milliarden Menschen. Der Grat, auf dem sie standen, war scharf wie eine Klinge, und die Zukunft – entstand in genau diesem, von Spannung geschwängerten Moment. Die Revolution wartete nicht.

Nach dem Treffen führte Elena Anna persönlich in ihr Büro. Der Raum war modern und minimalistisch, mit Panoramablick auf schneebedeckte Gipfel. Auf dem Boden lagen Teppiche in neutralen Farben, die der kargen Einrichtung Wärme gaben. Ein zarter Holzduft lag in der Luft, was eine Atmosphäre der Harmonie schuf. Die großzügige Schreibtischplatte bestand aus mattem Glas, und an den Wänden befanden sich interaktive Bildschirme, auf denen sich Daten in Echtzeit darstellen ließen. Subtile LED-Beleuchtung unterstrich den futuristischen Charakter des Interieurs und passte sich Tageszeit und Arbeitsart an. Auf dem Schreibtisch wartete ein Datensatz mit detaillierten Kapitalströmen der letzten Monate. Eines der Dokumente verwies auf verdächtige Transaktionen hohen Wertes, etwa unerwartete Transfers an in Steueroasen registrierte Firmen. Eine der Transaktionen, bei der innerhalb weniger Minuten Millionen Dollar zwischen vier verschiedenen Ländern verschoben wurden, deutete auf Maßnahmen hin, die Quelle der Mittel zu verschleiern. Die Analyse dieser Daten war entscheidend für die Festlegung neuer Regulierungen im Rahmen des Projekts Gaia.

– Anna – begann Elena –, du musst die Prioritäten festlegen. Was wir jetzt tun, wird die Zukunft des gesamten Systems beeinflussen. Du musst dich auf die Analyse der Kapitalströme konzentrieren, insbesondere jener, die mit verdächtigen Transaktionen verbunden sind, und Empfehlungen für neue Regulierungen ausarbeiten. Deine Schlussfolgerungen können zur Wiederherstellung des Gleichgewichts an den globalen Märkten beitragen und helfen, weitere Finanzkrisen zu verhindern. Von deinen Ergebnissen hängt ab, wie schnell es uns gelingt, die globalen Märkte abzusichern.

8

Krise im Schweizer Fort

Konferenzsaal G-Fortis, Swiss Fort

Die holografische Weltkarte warf pulsierendes rotes Licht auf die Gesichter der Versammelten und machte den katastrophalen Zustand der globalen Wirtschaft sichtbar. Die Daten zeigten dynamische Inflationsdiagramme, Verzeichnisse geschlossener Banken sowie Prognosen über den Zusammenbruch des internationalen Handels. Auf einem der Diagramme waren die Länder Südamerikas deutlich zu erkennen, wo die Inflationsraten in Argentinien und Brasilien in den letzten Tagen sprunghaft angestiegen und über 300 % hinausgeschossen waren. Das erklärte die dynamischen Bankschließungen und die Schlangen vor Finanzinstituten, die sich nach und nach in Unruhen verwandelten. Jeder Kontinent pulsierte in einer anderen Farbe, die das Ausmaß der Krise in den jeweiligen Regionen widerspiegelte und so den Eindruck globalen Chaos' noch verstärkte. So pulsierte Südamerika in Rot und symbolisierte extreme Inflation und geschlossene Banken, während Afrika orangefarbene Punkte zeigte, die auf unterbrochene Lieferketten für Treibstoffe und Medikamente hinwiesen. Diese Visualisierungen machten die Prioritäten für Interventionen unmissverständlich deutlich. Die wirtschaftliche Unordnung breitete sich wie ein Virus aus und erfasste nahezu jeden Lebensbereich auf der Welt. Anna blickte auf die Daten und versuchte, das Gesamtbild der Katastrophe zu erfassen. Fragen wirbelten in ihrem Kopf: Hätte sie diese Entwicklung früher vorhersehen können? Gab es Warnsignale, die sie übersehen hatte? Jeder numerische Indikator schien den nahenden Zusammenbruch herauszuschreien, und jede Entscheidung, die sie zu treffen hatte, wurde immer überwältigender. Sie spürte die Last der Verantwortung, ein Engegefühl in der Brust und ein Kribbeln in den Schläfen. Sie wusste jedoch, dass sie einen kühlen Kopf bewahren musste – jetzt mehr denn je. In ihrem Geist tauchten Fragen auf: Hätte sie die Vorboten dieser Katastrophe früher erkennen können? Gab es Wege, sie zu verhindern? Sie erinnerte sich an die Atemtechniken ihrer Großmutter. Sie wusste, dass ihre Analyse entscheidend sein könnte, um das globale Chaos einzudämmen.

Dr. Kenji Yamamoto begann seinen Vortrag und verschob die holografische Karte:

– Nach dieser Zeit seit dem Zusammenbruch des Dollars

können wir die am stärksten betroffenen Regionen identifizieren.

Das Hologramm zoomte nach Südamerika, wo Inflationsraten und Statistiken zu geschlossenen Banken in der Luft flimmerten.

– Argentinien und Brasilien kämpfen darum, grundlegende wirtschaftliche Strukturen aufrechtzuerhalten. Die Inflation hat 300 % erreicht. Die lokalen Währungen haben ihren Wert nahezu verloren, und der Export in die Vereinigten Staaten ist praktisch zum Erliegen gekommen. Ohne Zugang zu Dollar-Abrechnungen können sie weder Rohstoffe noch Maschinen bezahlen – erklärte Kenji und zeigte auf Bilder, die lange Schlangen vor geschlossenen Banken und Unruhen in Buenos Aires darstellten.

Anna fragte, bemüht, den Ton ruhig zu halten:

– Welche weiteren Konsequenzen gibt es?

Yamamoto schob die Karte nach Afrika.

– Subsahara-Afrika war seit Jahren im internationalen Handel vom Dollar abhängig. Der fehlende Zugang zu dieser Währung bedeutet die Einstellung des Imports von Gütern des Grundbedarfs wie Medikamente und Kraftstoffe, was Panik ausgelöst hat.

Auf dem Hologramm erschienen Daten aus Nigeria und Ghana, die kilometerlange Schlangen an Tankstellen sowie mit Containern gefüllte Häfen zeigten, die niemand abholte. Diese Daten waren für die Analyse entscheidend, da sie die Unterbrechung grundlegender Lieferketten widerspiegelten. Der Mangel an Treibstoff und Rohstoffen machte die Funktionsfähigkeit zentraler Wirtschaftssektoren unmöglich, was zur weiteren Verschärfung der Krise führte. Zu sehen waren auch Krankenhäuser, in denen der Mangel an Medikamenten die Ärzte zwang, schwierige Entscheidungen über die Einschränkung der Versorgung zu treffen.

– Der internationale Handel existiert in diesen Regionen nicht mehr. Am meisten leiden die Ärmsten – sagte Kenji und wies auf die Bilder.

Anna blickte auf die nächste Region, Südostasien.

– Und wie ist die Lage hier?

Kenji verschob die Karte.

– Länder wie die Philippinen und Vietnam waren Schlüssel-Exporteure, aber ihr größter Kunde – die USA – zahlt nicht mehr. In den Fabriken steht die Produktion still, die Häfen sind blockiert, und Produkte, die ihnen Liquidität sichern könnten, stapeln sich in Lagerhäusern – entgegnete Yamamoto.

– Die Proteste in den Fabriken nehmen zu, und die Eigentümer suchen verzweifelt nach Lösungen.

Anna deutete auf den nördlichen Teil der Karte.

– Und Russland und China? Trotz der Krise verfügen sie weiterhin über enorme Rohstoffreserven und Produktionspotenzial.

Kenji richtete das Hologramm auf den eurasischen Raum.

– Russland, obwohl durch frühere Sanktionen isoliert, hat bedeutende Reserven an Gas, Öl und Metallen. Ihre auf Rohstoffexport basierende Wirtschaft steht unter Schock, aber sie verfügen über physische Assets. Das Problem ist das Fehlen eines reibungslosen Abrechnungssystems. China … – er zögerte – deren Fabriken stehen wegen fehlender Bestellungen und Zahlungen, aber sie haben die größten Währungsreserven der Welt, jetzt allerdings weitgehend entwertet, sowie einen mächtigen Technologiesektor. Das sind potenzielle Pfeiler des neuen Systems, aber misstrauisch. Man muss sie davon überzeugen, dass GLO keine neue Form westlicher Dominanz ist, sondern ein Überlebensinstrument für alle. Ihre Zustimmung wird entscheidend sein für die Stabilisierung ganz Eurasiens und der globalen Lieferketten.

– Wie kommt Europa zurecht? – fragte Anna.

Kenji vergrößerte die Karte.

– Nordeuropa, insbesondere Skandinavien, zeigt dank Öl- und Gasexporten größere Stabilität. Der Süden jedoch – etwa Griechenland, Italien und Spanien – leidet unter hoher Inflation. Der fehlende Zugang zum Dollar hat ihren Export geschwächt, und der Tourismus – die wichtigste Einnahmequelle – ist nahezu vollständig zusammengebrochen.

Das Hologramm zeigte Bilder geschlossener Hotels und leerer Strände, Sinnbilder des Zusammenbruchs der Tourismusbranche. Auf den Straßen der Städte waren verwirrte Gruppen von Bewohnern zu sehen, die improvisierte Märkte organisierten, um letzte Vorräte an Lebensmitteln und Handarbeiten zu verkaufen. Mancherorts entstanden Krisenkomitees, die versuchten, die Verteilung von Vorräten sowie die Versorgung der Ärmsten zu organisieren. Indessen wurden verlassene Restaurants und Geschäfte von Gruppen Obdachloser übernommen, was das Ausmaß der Krise noch deutlicher machte. Lokale Regierungen führten provisorische Hilfsprogramme wie die Verteilung kostenloser Mahlzeiten ein, doch fehlende Mittel ließen diese Maßnahmen unzureichend, und die Lage blieb instabil.

– Und die Vereinigten Staaten? – Anna richtete den Blick auf den flackernd roten Kontinent.

Kenji nickte.

– Das Epizentrum der Krise. Der Dollar wurde durch temporäre Schatzscheine ersetzt, aber das Vertrauen in das System ist völlig verloren. Proteste erfassen die Städte, Banken sind geschlossen, und Kreditkartensysteme funktionieren nicht mehr.

Auf dem Hologramm erschienen Bilder aus New York – leere Regale in Geschäften, Menschenmengen vor Banken und steigende Kriminalität. Aus Mangel an Grundbedarfsgütern begannen Menschen, Läden zu plündern, und Schwarzmärkte wurden rasch zum einzigen Ort, an dem man Lebensmittel oder Medikamente bekommen konnte. Gleichzeitig brachen Alex' Videos zu #BreitenbergLeaks und #VortexFraud alle Aufrufrekorde. Vor den Hilfspunkten von Vortex tauchten Transparente auf: „Die Wahrheit kommt immer ans Licht!" und „Keine Daten für Brot!". Freiwillige mit Firmenlogo wurden beschimpft, die noch gestern überlaufenen humanitären Zentren waren nun leer oder wurden mit Farbe beworfen. Die Menschen wandten sich von Vortex ab und sahen deren Handeln als perfiden Versuch, den Ruf zu retten. Der Slogan „Wir schaffen das trotzdem" machte im Netz die Runde, und basisnahe Küchen sowie Tauschpunkte übernahmen die Rolle, die der kompromittierten Firma entglitten war. Vortex versuchte, das Image zu retten. Auf einer Notfall-Pressekonferenz sprach Luiza Breitenberg von Desinformation, doch der Livestream wurde nach einer Frage zur Erfassung biometrischer Daten abgebrochen. Der Tweet „Wir setzen die Hilfszentren bis zur Prüfung aus" goss nur Öl ins Feuer – der Hashtag #NoDataForBread explodierte erneut. Als Antwort führten die Behörden eine Ausgangssperre ein und entsandten zusätzliche Ordnungskräfte, doch das Ausmaß des Chaos überstieg ihre Möglichkeiten. Proteste und Unruhen wurden zum Alltag, und Verzweiflung befeuerte wachsende gesellschaftliche Spannungen. Manche Gemeinschaften begannen, selbstorganisierte Hilfsinitiativen aufzubauen, teilten Vorräte und sorgten gemeinsam für Ordnung in ihren Vierteln. Einige Stadtteile verwandelten sich in Zonen, in denen Gangs die Kontrolle über die Versorgung mit Gütern des Grundbedarfs übernahmen.

Anna holte tief Luft und versuchte, ihre Gedanken zu sammeln.

– Wie konnten wir eine solche Lage in so kurzer Zeit zulassen?

Kenji schloss:
– Das ist eine vollständige, globale wirtschaftliche Lähmung.

Anna blickte auf die Karte, und ihre Stimme wurde entschlossener:
– Also, wie lautet der Plan?

Kenji verschob die Karte und zeigte auf neue Daten. Diese wiesen auf Schlüsselbereiche hin, die sofortige Interventionen verlangten, etwa die Stabilisierung regionaler Volkswirtschaften durch die Einführung temporärer lokaler Währungen. Gaia schlug vor, die Handelsinfrastruktur in den am stärksten betroffenen Regionen zu stärken – durch logistische Unterstützung in Form des Aufbaus von Übergangslagern und die Entwicklung von Verteilungssystemen. Außerdem wurde die Einrichtung von Versorgungspunkten für lokale Produzenten vorgeschlagen, um ihnen einen stabilen Zugang zu Rohstoffen zu sichern, die für die Wiederaufnahme der Produktion notwendig sind. Diese Maßnahmen zielten darauf ab, lokale Lieferketten wieder aufzubauen und die Grundlage für eine langfristige wirtschaftliche Stabilisierung zu schaffen. Kenji betonte, dass ohne koordiniert internationale Unterstützung die Stabilisierungsversuche scheitern könnten.
– Regionale Stabilisierungsinitiativen müssen starten. Europa und Skandinavien können sich auf lokale Wirtschaftsprogramme stützen, die auf dem Euro basieren. Asien und Afrika werden sofortige Lieferungen brauchen, deren Um-

setzung jedoch eine enge internationale Zusammenarbeit erfordert.

Anna sah auf das Hologramm.

– Jeder Schritt muss präzise sein. Chaos lässt sich eindämmen, aber die Zeit arbeitet gegen uns. Wir müssen die Maßnahmen von Gaia koordinieren und uns auf Prioritäten konzentrieren.

Im Saal trat Stille ein. Alle Anwesenden bereiteten sich auf die bevorstehenden Herausforderungen vor, im Wissen, dass jede ihrer Handlungen die Zukunft der Weltwirtschaft beeinflussen würde. Kenji tauschte einen schnellen Blick mit Anna, als suche er die Bestätigung, dass ihre Analyse ausreichte, während Elena Navarro mit dem Finger im Takt ihrer Gedanken auf die Tischplatte tippte. Einige Teilnehmer beugten sich über ihre Terminals und prüften die neuesten Daten. Die Atmosphäre war dicht vor Spannung, und jede Bewegung im Raum schien bedeutender als sonst. Das Bewusstsein der Last der Verantwortung auf ihren Schultern schien selbst die erfahrensten Führungskräfte zu bedrücken. Jeder von ihnen spürte, dass sie Geschichte schrieben.

Die Geburt einer neuen Währung

Im steril-weißen Saal von Fortis arbeitete das Team reibungslos, eine Atmosphäre präziser Koordination, in der jede Bewegung genau durchdacht war. Über dem ringförmigen Tisch schwebten Datenhologramme und präsentierten detaillierte Informationen über Kapitalflüsse, Wirtschaftsprognosen sowie die globale Verschuldung. Die Daten zu den Kapitalströmen zeigten, welche Regionen der Welt am stärksten von der Krise betroffen waren, und wiesen auf einen rapiden Abzug von Investitionen aus Entwicklungsländern hin. Diese Informationen halfen dem Team, Unterstützungsprioritäten für die am stärksten gefährdeten Regionen festzulegen, in denen der Mangel an Kapital Schlüsselsektoren wie Energie oder Nahrungsmittelproduktion bedrohte. Bewegte Diagramme und Karten veranschaulichten Veränderungen in Echtzeit und ermöglichten dem Team, schnell auf neue Daten zu reagieren. Um den Tisch versammelte sich ein Expertenteam, konzentriert auf die Analyse jedes Details. Das war ihr Arbeitsplatz – das Epizentrum des Aufbaus einer neuen Finanzära.

Anna, mit geöffnetem Laptop vor sich, sichtete Daten zur globalen Verschuldung. Sie spürte noch immer den Schmerz in den Schultern vom einschneidenden Rucksack nach der Aktion im Donbass. Auf dem Bildschirm neben ihr lief eine dynamische Simulation, die zeigte, wie die neue Währung – GLO – Märkte stabilisieren könnte.

Dr. Kenji Yamamoto blickte mit einem leichten Lächeln auf die holografische Weltkarte, auf der er eine erste Simulation der Kapitalflüsse vorgenommen hatte; sie zeigte ein allmähliches Abklingen der Krise in Europa und Asien. Die Linien, die Investitionen darstellten, begannen sich grün zu färben – ein Hinweis auf die Rückkehr des Vertrauens in Regionen, die für die Weltwirtschaft entscheidend sind. Kenji bemerkte besonders dynamische Veränderungen in Skandinavien, wo stabile Energierohstoffreserven neue Investoren anzogen. Vielleicht war es Ausdruck der Zuversicht in den Erfolg des Projekts oder ein stilles Eingeständnis des bereits erzielten Fortschritts. Da der Dollar nicht mehr existiert, müssen wir etwas schaffen, das ihn nicht nur ersetzt, sondern Vertrauen neu aufbaut. GLO muss mehr sein als eine Währung.

Kenji wies auf die Daten:
– Die Fundamente von GLO werden auf realen Werten beruhen. Gold, strategische Rohstoffe wie Lithium oder Palladium sowie Energieindizes. Aber wir müssen weiterdenken. Digitale Daten, Technologielizenzen – auch das sind künftige Assets.

Elena Navarro schaltete sich ein:
– Gaia kann diese Assets in Echtzeit nachverfolgen und bewerten. Jedes Asset – von Gold bis zu digitalen Daten – wird in einem dezentralen System fortlaufend erfasst und aktualisiert. Um Daten vor potenziellen Bedrohungen wie Cyberangriffen zu schützen, nutzt das System fortgeschrittene Verschlüsselungsprotokolle und Anomalieerkennungsalgorithmen. Jeder Netzwerkknoten hält Kopien der Transaktionen – das garantiert Unveränderlichkeit und erschwert komplexe DDoS-Angriffe oder Datenmanipulation. KI-Mechanismen analysieren Muster der Kapitalflüsse und erkennen jede Anomalie, sodass wir sofort reagieren können. So vermeiden wir Manipulation

und sichern die Transparenz, die für die Wiedergewinnung von Vertrauen entscheidend ist.

Vincent warf skeptisch ein:

– Aber wie überzeugen wir Länder, einen Teil ihrer Reserven in ein gemeinsames System einzubringen?

Anna antwortete ruhig:

– Wir überzeugen sie durch die Krise. GLO ist keine Option – es ist eine Notwendigkeit. Ohne GLO wird niemand den internationalen Handel wieder aufbauen.

Das Team wechselte zu den Simulationen. Auf einem der Bildschirme erschien die Projektion der GLO-Auswirkungen auf verschiedene Regionen der Welt.

– Wenn wir GLO als globale Reservewährung einführen, können wir den internationalen Handel innerhalb von drei Monaten stabilisieren – erklärte Kenji.

Anna sah auf die Simulation. In Europa und Asien war das allmähliche Abflauen des Chaos sichtbar, aber Südamerika und Subsahara-Afrika blieben weiterhin rot.

– Was ist mit Ländern, die nicht über ausreichende Reserven verfügen? – fragte sie.

Kenji zögerte einen Moment und blickte zu Vincent, der skeptisch die Stirn runzelte.

– Wir werden ein Unterstützungssystem schaffen müssen – antwortete er langsam. – Das setzt allerdings die entwickelten Länder stärker unter Druck.

Elena hob den Blick von ihren Notizen:

– Das kann eine Gelegenheit sein, die Mechanismen der dynamischen GLO-Anpassung zu testen. Zusammenarbeit ist der Schlüssel, aber Untätigkeit können wir uns nicht leisten.

In diesem Moment vibrierte Annas Telefon. Eine Nachricht von Claire. Anna verließ den Saal und öffnete rasch die Verbindung. Claires Gesicht auf dem kleinen Bildschirm war kreidebleich, ihre Augen weit geöffnet, voller Anspannung. Sie flüsterte, die Lippen kaum bewegend, um jeden möglichen Lauschangriff zu vermeiden:

– Anna, hör zu. Meine Gruppe ist an die Breitenbergs herangekommen. Wir haben sie erwischt, als sie über Montenegro fliehen wollten. Sie haben zugestimmt zu kooperieren. Im Tausch gegen Strafmilderung und Schutz für die Familien. Anna, es waren nicht nur sie, die die treibende Kraft waren. Es ist Israel. Die Familie Al-Keidar. Ihr wirtschaftlicher Nachrichtendienst, in enger Zusammenarbeit mit der Zentralbank, ist ihren Plänen auf die Spur gekommen. Sie wollten den Dollar stürzen, den Westen destabilisieren, zu einer globalen Finanzmacht heranwachsen – unabhängig von den USA und der EU. Die Breitenbergs waren erst Partner, dann Werkzeug, ein Bauer in einem größeren Spiel. Und sie wurden verbrannt, als das Ziel erreicht war. Es ist ein Spiel um neue Macht, wie wir gesagt haben – jetzt haben sie es zugegeben. Sie haben den Moment gut genutzt, als China und Russland neue Abrechnungen außerhalb des Dollars versuchten.

Anna wusste nicht, was sie sagen sollte; sie versuchte, ihre Gedanken rasch zu ordnen – irgendwie wusste sie es bereits, doch es schien zu dumm, um wahr zu sein.

Claire schwieg einen Augenblick, ihr Blick war eisig.
– Wenn GLO jetzt nicht startet, wenn das nicht funktioniert … ist der Krieg unvermeidlich. In jeder Dimension. Wirtschaftlich, cybernetisch, vielleicht auch konventionell. Die Zeit läuft.

Als Anna zurückkam, herrschte im Saal Stille, während jeder über das Ausmaß der Herausforderung nachdachte. Elena schloss ihr Notizbuch und sah zu Anna hinüber, als warte sie auf ihre nächsten Schritte. Vincent stützte sich auf den Tisch und spielte mit einem Stift, sein Blick auf das Hologrammmodell gerichtet. Kenji blätterte durch Daten auf seinem Bildschirm und murmelte leise vor sich hin, während der Rest des Teams flüsternd Bemerkungen austauschte. Die Atmosphäre war dicht vor Spannung, jede Sekunde der Stille schien sich ins Endlose zu dehnen.

Professor Kenji Yamamoto wies auf das Modell:
– GLO wird innerhalb eines Umverteilungssystems funktionieren müssen. Die entwickelten Länder werden die Entwicklungsländer unterstützen. Das ist die einzige Option, um das System als Ganzes zu erhalten.

Vincent zog eine Augenbraue hoch:
– Und du glaubst, diese Länder werden zustimmen?

Kenji warf Anna einen Blick zu, als suche er Rückhalt, während Elena Navarro die Augen verengte und sich über den Tisch beugte.
– Es geht nicht um Zustimmung, sondern um Notwendigkeit – sagte sie mit Nachdruck.

– Jedes dieser Länder muss verstehen, dass mangelnde Kooperation die Krise vertieft.

– Und deshalb brauchen wir harte Garantien – fügte Vincent hinzu, sein Ton deutlich skeptisch. – Ohne sie bleibt der Plan eine theoretische Übung.

Anna sah das Team an; ihre Stimme war ruhig, aber bestimmt.

– Gemeinsam schaffen wir ein System, das Garantien zur Realität macht. Das ist kein Vorschlag. – Es geht nicht um Zustimmung. Es geht ums Überleben.

Das Team wechselte zu den technischen Festlegungen. Das Hologramm zeigte das Schema der Blockchain, auf der GLO basieren sollte.

Vincent erklärte:

– Jede Transaktion wird von einem dezentralen, blockchainbasierten System überwacht, das Datenunveränderlichkeit und vollständige Transparenz garantiert. Stellt euch globale Liefernetze vor, in denen wir jede Stufe verfolgen – von der Produktion über den Transport bis zur Auslieferung. Das eliminiert das Risiko von Missbrauch und Betrug. In unserem Fall ermöglicht ähnliche Technologie die laufende Überwachung der Assets und ein sofortiges Reagieren auf Unregelmäßigkeiten. Zudem garantiert die verteilte Architektur, dass jeder Netzwerkknoten einen identischen Transaktionsdatensatz hält – Manipulationen werden ausgeschlossen. In die Blockchain integrierte Smart Contracts setzen Vertragsbedingungen automatisch um und reagieren in Echtzeit auf sich ändernde wirtschaftliche Rahmenbedingungen. Um ein solches System einzuführen, müssen wir es jedoch mit den bestehenden Finanzstrukturen jeder Region integrieren. Dieser Prozess erfordert nicht nur enge Koordination, sondern auch Zusammenarbeit in nie dagewesenem Ausmaß. Das ist eine enorme Herausforderung, aber sie bietet die Gewähr für Stabilität und Vertrauen.

Elena ergänzte:

– Gaia analysiert bereits jetzt Kapitalflüsse und Verschuldung. Wir können einen Mechanismus schaffen, der den GLO-Wert dynamisch an die Wirtschaftslage anpasst.

Anna blickte auf die pulsierenden Linien der Simulation, die beruhigte Märkte zeigten. Plötzlich erschien ein leichtes, völlig unerwartetes Lächeln auf ihren Lippen – in diesem sterilen, vor Spannung flirrenden Saal.

– Das ... das ist genial – flüsterte sie, dann lauter, an das Team gewandt.

– Wirklich. Nicht nur makroökonomische Stabilisierung. Denkt an das, was es für die Menschen draußen bedeutet.

Sie deutete auf das Hologramm mit Afrika.

– Es heißt, dass eine Mutter in Lagos nicht mehr kilometerlang für Benzin anstehen muss, weil die Tankstellen wieder versorgt werden und der Transport läuft. Dass ein Arzt in Buenos Aires Antibiotika für seinen Patienten bekommt, weil der Import von Medikamenten in GLO möglich und tragfähig ist. – Ihr Finger glitt nach Asien.

– Dass der Arbeiter in einer vietnamesischen Fabrik an seinen Arbeitsplatz zurückkehrt, weil sein Betrieb einen

Auftrag erhält, der in einer stabilen Währung bezahlt wird, und die Waren nicht im Hafen verrotten. Dass schließlich der Grieche mit seiner Taverne die Tür wieder für Touristen öffnen kann, die kommen – im Wissen, dass ihr Geld etwas wert ist.

Sie sah alle der Reihe nach an, in ihren Augen flackerte ein neuer Funke.

– Es geht nicht nur um Algorithmen und Reserven. Es geht um Brot auf dem Tisch, Medikamente im Krankenhaus, Arbeit und Hoffnung. Um die Rückkehr der grundlegenden Gewissheit, dass das Morgen besser sein wird. Genau das bauen wir auf.

Anna sah auf den Bildschirm, auf dem die Simulation der ersten Einführung lief. Es war ein Pilotplan für Europa und Asien.

– Das ist unsere erste Verteidigungslinie – sagte sie.

– Wenn das gelingt, überzeugen wir alle.

9

Wirtschaftlicher Wandel

In dem gewaltigen Konferenzsaal in Brüssel herrschte eine Stille voller Ungewissheit und Aufregung. Am großen ovalen Tisch versammelten sich die wichtigsten Menschen der Welt – Präsidenten, Premierminister, Finanzminister und Vertreter globaler Institutionen; in die Tisch- und Wandflächen eingelassene Bildschirme holten als Hologramme jene hinzu, die aus verschiedenen Gründen nicht persönlich erscheinen konnten. Ringsum pulsierten gigantische Holografie-Displays in grünlichem Schimmer – Symbol der Hoffnung, aber auch des Risikos, das die soeben präsentierte neue Währung GLO mit sich brachte.

Der Ratsvorsitzende erhob sich, seine Stimme war angespannt:

– Sehr geehrte Staatsoberhäupter, Premierminister, Minister! Die globale Lähmung von Handel und Finanzen lässt uns weder den Luxus der Zeit noch der Ungewissheit. Die Dollarkrise ist wie eine Supernova explodiert, und ihre Schockwelle zerstört die Fundamente unseres Wohlstands, unserer Stabilität, unseres Friedens. Das Projekt Global GLO ist keine futuristische Vision mehr – es ist das einzige Löschsystem, das fähig ist, dieses Feuer zu ersticken. Es ist Zeit für die Präsentation und die sofortige Implementierung!

– Meine Damen und Herren, die Welt zählt in diesem Moment auf uns – sagte der Präsident der USA und verbarg nur mühsam die Anspannung in seiner Stimme. – Unsere Entscheidungen werden über die Zukunft jedes Bürgers dieses Planeten entscheiden.

Elena Navarro nickte, stand langsam auf – ihre Bewegungen ruhig, aber bestimmt. Ihre Stimme trug, als sie sprach, Gewissheit und Kraft:

– In der letzten Zeit haben wir intensiv daran gearbeitet, etwas zu schaffen, das mehr ist als nur eine neue Währung. Wir präsentieren Ihnen GLO – ein Instrument, das die finanzielle und wirtschaftliche Stabilität der Welt wiederherstellen wird.

Auf ihr Zeichen erstrahlte der holografische Bildschirm und zeigte eine dynamische Visualisierung des globalen Finanznetzes. Grüne Fäden verbanden und kreuzten sich über dem Globus und zeigten in Echtzeit den Transfer von Kapital, Rohstoffen und Energie.

– Die Grundlage von GLO bilden drei zentrale Pfeiler – fuhr Kenji Yamamoto, Chefökonom von Gaia, fort.

– Erstens: reale Assets – Gold, Erdöl, Erdgas, seltene Erden sowie strategische Nahrungsmittelreserven. Jeder dieser Bestände wird akribisch auditiert und in internationalen, von Gaia gesicherten Depots gelagert.
– Zweitens: digitale Stabilität. GLO stützt sich auf einen Korb der stärksten Fiatwährungen sowie der gerade eingeführten digitalen Zentralbankwährungen. Das garantiert Liquidität und minimiert spekulative Risiken.
– Drittens: Technologie. Dieses System registriert nicht nur jede Transaktion in Echtzeit – und eliminiert damit Spekulation und Geldwäsche –, sondern passt den GLO-Wert dynamisch über Korrekturalgorithmen an die reale Wirtschaftsleistung der teilnehmenden Staaten an. Es ist ein lebender finanzieller Organismus.

Die deutsche Bundeskanzlerin Luisa Schmidt sah Yamamoto mit unverhohlener Neugier an.

Im Saal erhoben sich geflüsterte Kommentare, erfüllt von Hoffnung wie auch Skepsis. Der Präsident Brasiliens stand auf, seine Stimme war von Spannung geprägt:
– Welche Garantien haben wir, dass GLO nicht zu einem weiteren Instrument der wirtschaftlichen Dominanz des Nordens über den Süden wird? Mein Land kann sich kein weiteres Experiment leisten.

Anna Senger ergriff rasch die Initiative:
– GLO ist eine Garantie für Transparenz. Die Gaia-Blockchain ist vollständig öffentlich und nicht manipulierbar. Jedes am Projekt teilnehmende Land hat gleichberechtigten Zugang zu den Informationen. Es gibt

keine Vorzugsbehandlungen und keine verborgenen Kontrollmechanismen.

Der Präsident Tschechiens blickte Anna aufmerksam an:
– Transparenz ist ein schönes Wort, aber wer wird die Zugangsschlüssel kontrollieren?

– Niemand – antwortete Anna entschieden. – Gaia ist ein dezentralisiertes Netz. Keine einzelne Einheit, kein Land, keine Organisation wird die volle Kontrolle besitzen.

Die Bundeskanzlerin nickte.
– Und die Sicherheit? Ist diese Blockchain wirklich nicht zu hacken?

Dr. Nora Blake trat aus dem Schatten. Ihre Stimme klang wie eine Klinge:
– Das Netz ist über Tausende von Knoten weltweit verteilt. Es zu hacken wäre, als wollte man gleichzeitig alle Tresore aller Zentralbanken ausrauben. In einem einzigen Moment. Gaia überwacht jeden Impuls. Jede Anomalie. Wir sind bereit.

Der Premierminister Indiens legte die Hände wie zum Gebet zusammen, und seine ruhige Stimme durchbrach die angespannte Stille:
– GLO kann für uns die Chance auf einen Neuanfang sein. Indien begrüßt dieses Projekt. Wir hoffen, dass die nationale Souveränität jedes Teilnehmers gewahrt bleibt.

– Souveränität ist die Grundlage des Projekts – entgegnete Anna überzeugt. – GLO soll allen Ländern dienen – unabhängig von ihrer Größe oder Wirtschaftskraft.

Es senkte sich eine Stille, die vom entschiedenen Ton des Präsidenten der USA durchbrochen wurde:

– Wir haben keine Zeit für weiteres Zögern. Ist alles klar? Unterstützen alle, dass Gaia morgen offiziell in Betrieb geht?

Nacheinander fielen die Stimmen:

– Europäische Union – ja.

– Japan – ja.

– China – ja, mit Vorsicht.

– Brasilien – ja, unter Bedingungen.

– Indien – ja.

Alle anwesenden Vertreter stimmten zu, und alle Blicke wandten sich Mbeki zu. Der Präsident der Republik Südafrika seufzte tief und blickte auf das wirbelnde Hologramm von Gaia:

– Ich vertraue Systemen nicht. Aber ... ich vertraue der verzweifelten Notwendigkeit zur Veränderung. Südafrika sagt ja.

Anna sah auf den Bildschirm, auf dem die Worte „GLO aktiv" erschienen. Ein Schauder durchfuhr sie. Sie wusste, dass die Welt in diesem Moment einen Wendepunkt überschritten hatte.

– Die offizielle Einweihung der ersten GLO-Zahlung findet morgen in Rotterdam statt – verkündete Elena Navarro. – Die ganze Welt soll sehen, dass das neue System funktioniert.

Applaus erfüllte den Saal. In den Gesichtern der Anführer lagen Hoffnung – und das Bewusstsein der ungeheuren

Verantwortung, die nun auf ihren Schultern lastete. Eine neue Ära begann – voller Herausforderungen, aber auch voller neuer Möglichkeiten.

– Aber das ist nicht das Ende. Das ist kein Sieg. Wir werden alle Schuldigen finden. Alle, die zu dieser Hölle beigetragen haben. Auf allen Ebenen. Und ich versichere Ihnen: Sie werden die vollen Konsequenzen tragen. Die Wahrheit wird ans Licht kommen. Gerechtigkeit wird geübt.

Markus Lindholm hob die Hand; sein Gesicht war unbeweglich wie eine Maske, doch in den Augen lagen Erleichterung und Misstrauen zugleich:

– Der Europäische Rat billigt formell den Pilotbetrieb von Global GLO in Rotterdam. Innerhalb von 24 Stunden stellen wir vollständige logistische, technologische und finanzielle Unterstützung für den Hafen sicher. Wir werden die Koordination mit … dem vorläufigen internationalen Abwicklungssystem übernehmen. – Das Wort „vorläufig" sprach er mit deutlicher Betonung aus.

Die Nacht vor der Revolution

Als die letzten Lichter im Brüsseler Konferenzsaal erloschen und die Echos von Applaus und spannungsgeladenen Erklärungen sich in der kalten Nachtluft verloren, spürte Anna Senger eine enorme Müdigkeit. Doch sie war nicht in der Lage, sich auszuruhen. Adrenalin pulsierte noch in ihren Adern, vermischt mit einem Schatten der Unruhe.

Die Fahrt nach Rotterdam erfolgte in Eile und unter strenger Aufsicht der Gaia-Sicherheitskräfte. Das Militärfahrzeug glitt über die nächtlichen Autobahnen Belgiens und der Niederlande, erleuchtet nur von den Lichtspuren anderer Fahrzeuge und den am Horizont glühenden Industriekomplexen. Anna starrte auf die auf dem Tablet pulsierenden GLO-Daten – grüne Netzwerkknoten, Statistiken der Asset-Audits, Berichte über neutralisierte Cyberangriffe. Jede Sekunde brachte sie dem Punkt näher, von dem es kein Zurück mehr geben würde.

Das Hotel, in dem die Gaia-Delegation untergebracht war, stand direkt am Euromax-Hafen. Ein moderner Glas-Koloss, der wie ein Leuchtturm aus dem nächtlichen Nebel wuchs. Ihr Apartment im obersten Stock bot Blick auf ein Meer aus Kränen und Containerschiffen – dunkle, reglose Giganten, die auf die morgige Revolution warteten. Die Lichter des Terminals spiegelten sich im Wasser wie verstreute Diamanten.

Kaum hatte Anna den Mantel ausgezogen und einen Schluck Wasser genommen, da klopfte es an der Tür. Vorsichtig drückte sie die Klinke und blickte durch den entstandenen Spalt.

– Du?! – rief sie, ihre Überraschung nicht verbergend, als sie Daniel sah. – Was machst du hier?

– Ich musste persönlich kommen – entgegnete Daniel. – Elektronische Kommunikation, selbst verschlüsselte, ist zu riskant. Zu viele Augen versuchen jetzt, in Gaia hineinzusehen.

– Ich sagte doch, ich habe meinen Teil der Mission. Ich habe mit jemandem gearbeitet, der mehr draufhat als ihr gesamtes Analystenteam zusammen.

Anna verengte die Augen.

– Mit wem?

Daniel lächelte nur. Im selben Moment leuchtete Annas Tablet mit einer neuen Benachrichtigung auf: Cyberbedrohung erkannt – Herkunft: Tel Aviv Status: wird von externem Operator neutralisiert.

Kurz darauf erschien eine Textmeldung:

„Ganz ruhig, Anna. Ich habe GLO abgesichert, bevor ihr Paket zu laden begann. Grüße – BB."

– Black Bull?! – flüsterte Anna. – Du arbeitest mit ihm?

Daniel nickte.

– Schon lange. Aber ich konnte es dir nicht sagen. Er ist ein großartiger Hacker, arbeitet aber nicht offiziell für die Regierung. Selbst Claire wusste nicht alles. Er hat nicht nur den Angriff geortet ... sondern auch Spuren von Transfers zu Laboren in Zürich gefunden, wo sie das System ‚Tikkun' getestet haben.

– Und Claire?

– Sie hat sich heute Morgen gemeldet. Das FBI in den USA arbeitet jetzt offiziell mit Europol und dem MSS zusammen. Sie bereiten ihren Teil des globalen Schlages vor. Sie werden Botnetze blockieren, Falschmeldungen im Keim ersticken, Quellen in Echtzeit identifizieren. Aber es wird ein Wettlauf. Die Schlacht um die Deutung beginnt in derselben Sekunde wie die erste GLO-Transaktion.

Anna reichte Daniel eine Wasserflasche und versuchte, all den Informationen zu folgen.

– Muss ich noch etwas wissen?

Daniel holte tief Luft.

– Black Bull hat nicht nur den Angriff aus Tel Aviv gestoppt. Er ist tiefer hineingegangen. Wir fanden Spuren ... einer weit größeren Operation. Nennen wir sie den ‚Plan B' jener, die nicht wollen, dass GLO existiert.

– Plan B? – Anna runzelte die Stirn.

– Die Sabotage der morgigen Einweihung im Hafen war nur ein Köder, ein Element der Desinformation – erklärte Daniel und beugte sich vor. – Der eigentliche Schlag soll von anderer Seite kommen. Sie wollen das Vertrauen treffen. In der ersten Stunde des GLO-Betriebs, wenn die ganze Welt auf Rotterdam blickt, planen sie einen massiven, koordinierten Angriff auf soziale Medien und Leitmedien. Sie entfesseln Chaos: falsche Meldungen über GLO-Störungen, über gestohlene Gelder, über Kursmanipulationen ... Sie haben Bots, gehackte Konten einflussreicher Personen, vorbereitete Videos. Sie wollen, dass der erste Eindruck der Welt von GLO Angst und Panik ist.

Anna spürte, wie ein kalter Schauer ihren Rücken hinablief. Es war teuflisch. Technisch konnte GLO tadellos laufen – aber wenn die Menschen glaubten, es sei anders ...

– Black Bull hat eine Quelle in der Gruppe, die das koor-

diniert – fuhr Daniel fort.
– Jemand von innen, erschrocken über das Ausmaß dessen, was geschehen soll. Wir haben Fragmente des Plans, Listen der Zielplattformen, den Zeitplan bekommen.
– Wer steckt dahinter? Nur Israel? – fragte Anna, Zorn in der Stimme.
– Ein Wirrwarr von Spuren bislang, aber vermutlich ja – antwortete er und hob die Hände.
– Doch das Motiv ist klar: dieselben, die hinter der Dollarkrise standen. Diejenigen, die an der Stabilität von GLO am meisten verlieren würden. Finanzspekulanten, die Schatten des alten Systems, vielleicht sogar Fraktionen in Regierungen, die den Verlust von Einfluss fürchten.

Anna trat ans Fenster. Der Nebel war dichter geworden und hüllte den Hafen in eine geheimnisvolle, beunruhigende Aura. Sie sah die Silhouette des „GLO-Krans“ – Symbol der morgigen Hoffnung, nun auch ein Ziel.
– Also morgen – sagte sie leise, aber mit stählerner Entschlossenheit in der Stimme –, ist es nicht nur die Einweihung einer neuen Währung. Es ist die erste Schlacht im Krieg um die Zukunft. Eine Schlacht, die wir nicht nur mit Technologie, sondern mit Wahrheit gewinnen müssen.
Daniel stellte sich neben sie.
– Black Bull und sein Team sind im Netz. Claire und ihre Leute auch. Wir werden Augen und Ohren überall haben. Du konzentrierst dich darauf, der Welt zu zeigen, dass GLO funktioniert. Dass es Realität ist. Wir kümmern uns um die Schatten.

Als Daniel gegangen war, blieb Anna allein zurück. Sie blickte in die Dunkelheit des Hafens, auf die pulsierenden Lichter des Terminals. Sie spürte die Last der Verantwortung, aber auch eine seltsame Stärke. Sie war nicht allein. Sie hatte Gaia, sie hatte Daniel, Claire, sogar Black Bull in den Tiefen des Netzes. Und sie hatte das verzweifelte Bedürfnis der Welt, dass es funktionierte.

Nebel der Hoffnung

Hafen von Rotterdam, Terminal Euromax. Früher Morgen.

Der Nebel von der Nordsee hüllte die gewaltigen Kräne und Containerschiffe ein, doch die Energie auf der Sonderplattform war elektrisierend. Ein Meer aus Kameras, Mikrofonen, Journalisten aus aller Welt. Im Hintergrund, wie ein Held beleuchtet, stand einer der Kolosse – ein Kran, gekennzeichnet mit dem Gaia-Hologramm und der Aufschrift GLO.

Anna Senger trat an die Mikrofone. Ein schlichter dunkelblauer Mantel, die Augen müde, aber brennend. Hinter ihr pulsierte auf einem gigantischen Bildschirm das GLO-Logo.

– Meine Damen und Herren! Menschen auf der ganzen Welt! – Ihre verstärkte Stimme klang klar und kraftvoll.
– Heute präsentieren wir keine Theorie. Heute zeigen wir

Tat. Den ersten Atemzug des neuen Systems. Den ersten Herzschlag von GLO!

Mit einer Geste rief sie den Bildschirm auf. Ein vereinfachtes, animiertes Schema erschien:

Vermögenskorb – Gold, Getreide, Öl, Energie, Patente:
– GLO hat Wert, weil es auf dem wirklichen Reichtum der Welt basiert. Gaia verfolgt ihn in Echtzeit.
– Jede Transaktion wird in einem unzerstörbaren, öffentlichen Hauptbuch gespeichert. Tausende Kopien auf der ganzen Welt. Transparenz ist die Grundlage des Vertrauens.

Animationen zeigten zwei Hände, die ein leuchtendes GLO-Symbol austauschten:
– Zahlungen sind sofort. Keine Bankschlangen. Kein Risiko, dass das Geld auf dem Weg an Wert verliert.

Anna deutete auf den gewaltigen Frachter „Oceanic Freight", der am Terminal festgemacht hatte,
– Gleich wird von diesem Schiff ein Container mit Teilen für Windturbinen gelöscht. Hergestellt in Vietnam von „GreenTech Hanoi". Gekauft von der niederländischen „NorthSea Energy".

Eine Journalistin hob die Hand und fragte:
– Frau Senger! Worin unterscheidet sich GLO vom Dollar? Ist das nur ein digitaler Ersatz?

– Nein. Nein. Das ist der entscheidende Unterschied! Der Dollar beruhte auf dem Vertrauen in ein einziges Land. GLO beruht auf realen, globalen Vermögenswerten, die von allen nachverfolgt werden. Es ist wie ein digitaler „Zwilling" des realen Reichtums der Welt. Und die Zahlung ist sofort, ohne Kursrisiko.

Ein Journalist von hinten fragte scharf:

– Sicherheit? Wie schützen Sie dieses System vor Hackern? Oder … vor Machtmissbrauch?

Navarro antwortete ruhig:

– Die Gaia-Blockchain ist keine einzige Festung, sondern tausende Festungen, über den Globus verteilt. Um sie zu brechen, müsste man sie alle gleichzeitig angreifen. Das ist physisch unmöglich. Gaia patrouilliert das Netz ununterbrochen. Und die Macht? Sie ist verteilt. Entscheidungen werden im Stabilitätsrat mit Beteiligung vieler Länder und Institutionen getroffen. Alles ist auditierbar. Transparenz ist unser Schild.

Ein Journalist aus Ghana fragte spitz:

– Und was ist mit uns? Mit Ländern ohne große Goldreserven? Ist GLO nur ein weiteres System für die Reichen?

Anna sah ihm direkt in die Augen:

– Keineswegs. Genau für Sie gibt es den Stabilisierungsfonds. Länder wie Ghana erhalten sofortige GLO-Kontingente für Lebensmittel, Medikamente, Treibstoff – die dringendsten Bedürfnisse. Sie können GLO-Kredite für Investitionen beantragen – Schulen, Krankenhäuser, Straßen – unter klarer, transparenter Aufsicht. Das ist keine Almosen. Das ist eine Investition in globalen Frieden und Entwicklung. GLO soll allen dienen.

– Klaus Richter, „Der Tagesspiegel". Frau Senger, Herr Yamamoto – Sie sprachen von der Stabilisierung des

Welthandels. Meine Frage betrifft aber den normalen Bürger. Herrn Hans aus Berlin, der sein Leben lang gespart hat und 18 000 Euro und 10 000 Dollar auf dem Konto hat. Wie hoch ist jetzt der reale Wert seiner Ersparnisse? Gibt GLO sie zurück?

Im Saal wurde es plötzlich still. Kenji wollte etwas sagen, doch Anna berührte seine Hand und trat näher an die Bühnenkante.

– Danke für diese Frage – begann sie, und ihre Stimme, obwohl leiser, trug durch den ganzen Saal. – Das ist der Kern des menschlichen Dramas dieser Krise. Es ist grausam ungerecht.

Sie holte tief Luft.

– Die alten Währungen – Euro, Dollar, Schweizer Franken – existieren noch und sind im Umlauf. Das Problem ist, dass sie Vertrauen und den Großteil ihres Wertes verloren haben. Ein Laden, der Ware hat, will keine Zahlung in Währungen annehmen, die morgen nur noch die Hälfte des heutigen Preises wert sein könnten. Deshalb spielen die Preise in Euro weiter verrückt. Die Hyperinflation ist nicht verschwunden.

– Wozu brauchen wir dann GLO? – rief jemand aus dem Saal.

– GLO ist der Anker – konterte Anna entschlossen. – Es ist die neue, stabile Reservewährung, in der Staaten, Häfen und Energiekonzerne miteinander abrechnen. Dadurch, dass ein Öltanker in GLO bezahlt wird und nicht in an Wert verlierenden Dollars, kommt dieses Öl überhaupt nach Europa. Und weil es hier ist, hat der Laden von Herrn Hans etwas zu verkaufen.

– Und was hat Herr Hans im Portemonnaie? – ließ Richter nicht locker.

– Wahrscheinlich altes, immer weniger wertes Euro-Geld – gab Anna zu. – Und hier sind die Regierungen am Zug. Es ist ihre Entscheidung, wie sie den Bürgern helfen. Manche Länder haben Programme gestartet, einen Teil der Ersparnisse zum sozialen Sonderkurs in GLO zu tauschen. Andere, wie Deutschland, geben Lebensmittel- oder Energiegutscheine aus, denominiert in GLO, damit die Menschen Grundbedarf zu stabilen Preisen kaufen können. Genau diese Gutscheine sind derzeit das wertvollste Zahlungsmittel.
– Wir im Swiss Fort haben der Welt diesen Anker gegeben. Ob die deutsche Regierung ihn nutzt, um Herrn Hans eine Rettungsleine zuzuwerfen, ihm Gutscheine auszuzahlen oder seine Ersparnisse zu tauschen – das ist eine Frage, die Sie in Berlin stellen sollten. Wir können nur sicherstellen, dass diese Leine überhaupt existiert und stabil ist.

Klaus Richter nickte langsam. Die Antwort war schmerzhaft, aber vollständig. Anna versprach keine Wunder, sondern zeichnete ein klares, wenn auch düsteres Bild der neuen Realität: eine Welt des doppelten Umlaufs, in der altes, inflationäres Bargeld ein Relikt ist und die neue, stabile Währung ein Luxusgut, verteilt vom Staat.

– Maria Rossi, „Il Sole 24 Ore". Frau Senger, Sie haben die Ersparnisse einfacher Menschen angesprochen. Und was ist mit denen, die für die Rente über Investmentfonds gespart haben? Mit Aktien, Anleihen, ETFs? Wurden diese Vermögenswerte ebenfalls in GLO konvertiert?

Anna nickte, ihr Gesichtsausdruck fast mitfühlend.
– Das ist ein sehr schweres Thema. Leider hat der Kapitalmarkt die schwersten Verluste erlitten. Die Börsen wurden nicht „in GLO konvertiert". Sie sind schlicht zusammengebrochen. Der Wert der meisten Unternehmen ist um über neunzig Prozent gefallen. Anleihen, ob Unternehmens- oder Staatsanleihen, sind so viel wert wie das Papier, auf dem sie gedruckt wurden.

– Also haben die Menschen alles verloren? – präzisierte die Journalistin.

– Fast alles. Diejenigen, die Aktien von Firmen mit echten, physischen Vermögenswerten hielten – Minen, Farmen, Kraftwerke – hatten die Chance, sie zu irgendeinem vernünftigen Preis zu verkaufen, oft im Tausch gegen andere Güter, nicht gegen Währung. Aber für den durchschnittlichen Inhaber eines Pensionsfonds oder eines ETF auf einen breiten Index ... ja. Das ist ein Verlust in einem Ausmaß, das die Welt noch nicht gesehen hat. – Anna ging in die Offensive. – Und genau das zeigt, warum GLO nötig ist. Um ein neues, stabiles Fundament zu schaffen, auf dem eines Tages wieder ein Kapitalmarkt entstehen kann, der auf realem Wert basiert – nicht auf Spekulation und Verschuldung.

Ein Rotterdamer Docker drängte sich nach vorn, in orangefarbener Weste, ein Lokal-TV-Reporter hielt ihm das

Mikro hin:
– Frau Senger! Ich … ich verstehe die Grafiken so halbwegs. Aber sagen Sie es mir einfach: Was ändert GLO für mich? Für meinen Lohn? Für den Brotpreis im Laden?

Ein Lächeln hellte Annas Gesicht auf. Auf diese Frage hatte sie gewartet.
– Für dich? Stabilität. Dein Lohn – ob in Euro oder in GLO – verdampft nicht über Nacht, weil irgendwo am anderen Ende der Welt eine Bank zusammenbricht. Der Brotpreis? Wenn Getreide im GLO-Korb ist und sein Fluss dank sofortiger Zahlungen reibungslos läuft – dann ist die Chance geringer, dass es in der Bäckerei fehlt oder der Preis durch Spekulationen in den Himmel schießt. GLO ist ein Werkzeug, damit die Wirtschaft für die Menschen arbeitet – nicht gegen sie. Es ist die Wiederherstellung der grundlegenden Gewissheit.

Sie blickte zu Yamamoto und Navarro, die am Terminal unter dem Kran standen.
– Bereit? – Beide nickten. Yamamoto hob den Daumen.

Anna wandte sich zu den Kameras, ihre Stimme klang kraftvoll und klar:
– Im Namen von Gaia und all jenen, die an eine bessere Ordnung glauben – autorisiere ich die erste offizielle Transaktion in der globalen Reservewährung GLO. Möge sie für die Welt schlagen!

Auf dem gigantischen Bildschirm und auf Millionen Bildschirmen rund um den Globus flammte die Meldung auf:

TRANSAKTION GLO #0000001
VON: NorthSea Energy (Niederlande)
AN: GreenTech Hanoi (Vietnam)
BETRAG: 50.000 GLO
FÜR: Teile für Windturbinen
STATUS: BESTÄTIGT!
ZEIT: 08:00:01 GMT (TRANSAKTION AUF DER GAIA-BLOCKCHAIN VERFOLGEN)

Gleichzeitig hob sich vor den Augen der Welt der mächtige Arm des markierten Krans. Sanft, mit hydraulischem Zischen, packte er den orangenen Container an der Seite der „Oceanic Freight". Das Gaia-Hologramm und die Aufschrift „Paid in GLO. Transaction #0000001 Verified" flimmerten an seiner Flanke. Der Kran verlegte den Container langsam, feierlich, über einige Meter und setzte ihn sicher auf der Plattform des wartenden Lkw von „NorthSea Energy" ab.

Zuerst herrschte absolute Stille. Dann explodierten Blitzlichter. Dann – eine Welle von Applaus, die über die Plattform und anschließend durch den ganzen Hafen rollte. Docker auf den Nachbarschiffen begannen zu jubeln und trommelten auf Geländer. Auf dem Gesicht des Dockers, der die Frage gestellt hatte, erschien ein breites, ungläubiges Lächeln. Er rief seinem Kollegen etwas zu und zeigte auf den landenden Container.

Anna stand reglos, der Wind strich über ihr Gesicht. Sie sah zu, wie der Lkw mit dem historischen Container langsam davonfuhr. In ihren Ohren brandeten die Jubelrufe und ein tiefer, befriedigender Klang – der erste, kräftige Herzschlag der neuen Welt. #GLOheartbeat – dieses Hashtag kursierte bereits im Netz. Der Weg war lang, aber der erste, wichtigste Schritt war getan. Ein Schritt in die Zukunft.

Anna erhob sich und blickte in die Menge. Ihre Stimme gewann an Kraft:

– Rotterdam ist erst der Anfang. Mit der Einführung von GLO bauen wir nicht nur die Wirtschaft wieder auf – wir bauen eine Zukunft auf, die auf Vertrauen und Zusammenarbeit beruht. Wir laden Sie alle ein, Teil dieses neuen Kapitels der Geschichte zu sein.

Der Saal brach in Applaus aus.

Hinter den riesigen Fenstern breitete sich der Blick auf die Stadt aus.

Der Euromast, wie ein schweigender Wächter Rotterdams, erinnerte daran, dass diese Stadt schon viele Stürme überstanden hat.

Anna blickte zu Yamamoto und Navarro. Ihre Arbeit war soeben in die Welt entlassen worden.

Die Rache der Wahrheit

Als sich der Staub nach dem GLO-Gipfel gelegt hatte und der Sabotageakt dank der Arbeit von Daniel, Claire und Black Bull vereitelt worden war, tauchten neue Informationen auf. Doch der Kampf um die Deutungshoheit war ebenso erbittert wie der Cyberangriff auf das System selbst.

Claire, koordiniert mit Europol und dem MSS in Peking, verwandelte ihr Operationszentrum in New York in eine digitale Festung. Ihr Team, unterstützt von den Gaia-Algorithmen, agierte mit chirurgischer Präzision.
Sie neutralisierten Botnetze im Keim, blockierten Kommunikationskanäle und infizierten die sie steuernden Server mit falschen Befehlen.
Tausende gehackter Profile und Influencer in den sozialen Netzwerken wurden innerhalb von Minuten nach der ersten Fake-Welle stummgeschaltet. Claire nutzte Backdoors in Mediensystemen, die in geheimen Protokollen unter Regierungsdruck mit Big Tech vereinbart worden waren.
Jedes Video, das angeblich „bewies", GLO sei ausgefallen oder Gelder seien gestohlen worden, wurde automatisch mit einem Gaia-Wasserzeichen markiert und mit echten Daten aus der Blockchain überflutet. Darunter blinkte ein Link: #VerifyOnGaia.

Unterdessen führten Black Bull und sein anonymes Team in der Tiefe des Netzes ihre eigene Operation durch. Mithilfe eines Leaks eines verängstigten Insiders aus dem Kreis der Al-Keidars hackten sie sich in deren Desinformationsserver in Zürich und Tel Aviv. Sie blockierten den Angriff nicht sofort – sie ließen die erste Fake-Welle anlaufen. Im Kulminationsmoment, als Bots die Plattformen mit Hashtags wie #GLOscam und #SystemDown fluteten, übernahm Black Bull die Kontrolle über die Kanäle. Statt falscher Alarme erschienen:

– Fragmente abgehörter Gespräche der Al-Keidars, in denen sie die „Verbrennung der alten Welt“ planten.
– Scans der Entwürfe ihrer Ersatzwährung, versehen mit der Anmerkung: „Sie wollten die neuen Götter sein. GLO ist die Wahrheit.“
– Eine Visualisierung der Verbindungen der Familie zu Hedgefonds und dubiosen Politikern.

#AlKeidarExposed: Der von Bull geschaffene Hashtag wurde viral. Anonyme Accounts (Mitglieder seines Netzwerks) überschwemmten Foren mit Belegen, während Claire deren Authentizität offiziell über Regierungs-Channels bestätigte.

Die Wirkung war verheerend für die Feinde von Gaia. Der Versuch, Panik zu säen, kehrte sich gegen sie:
Die Medien, die anfänglich auf die Fakes hereingefallen waren, berichteten massenhaft über den „Al-Keidar-Skandal“.
Der Slogan #GLOheartbeat, Symbol der gelungenen Transaktion, flutete das Netz als Gegen-Narrativ.
Die öffentlichen Blockchains von Gaia zeigten in Echtzeit, dass das System einwandfrei lief – jeder konnte es überprüfen.

In der stillen Suite im obersten Stock des Rotterdamer Hotels sank Anna endlich auf das Sofa.
Mit Stolz und tiefer Erleichterung verfolgte sie im Netz die Manöver von Claire und Black Bull. Dieser Kampf um die Wahrheit war ebenso wichtig wie die Inbetriebnahme der Transaktionen im Hafen. Claire agierte mit der chirur-

gischen Präzision staatlicher Dienste, Black Bull mit der brutalen Kreativität eines digitalen Partisanen. Gemeinsam bauten sie eine Mauer, die Fakes nicht durchbrechen konnten. Sie legte das Tablet beiseite und gönnte sich einen tiefen Atemzug. Die Stille der Suite, nur unterbrochen vom Rauschen der Klimaanlage und dem fernen Grollen des Hafens, war nun wohltuend. Auf dem Tisch kühlte ein angebrochener Tee aus.

Das Klopfen an der Tür war leise, aber bestimmt.

– Herein – rief Anna, ohne aufzustehen.

In der Tür stand Daniel. Er sah ebenso erschöpft aus wie sie, doch in seinen Augen brannte derselbe Funke Entschlossenheit. In der Hand hielt er eine dicke, versiegelte Mappe und zwei Becher dampfenden Kaffees.

– Ich dachte, das könnte helfen – sagte er und reichte ihr einen Becher. – Echten, nicht aus dem Automaten. Und den Bericht. Den vollständigen Bericht.

Anna nahm den Kaffee mit dankbarem Nicken entgegen. Das heiße Getränk breitete sich wie wohltuende Wärme in ihren müden Adern aus.

– Wie geht's Claire? Und Black Bull? – fragte sie und deutete mit dem Kopf auf die Bildschirme.

– Claire schläft schon. Black Bull ... – Daniel lächelte leicht.

– Er hat sich in seinem Bau verkrochen, aber er schickt Grüße und die Bestätigung: Das Netz ist sauber. Der Fake-Tsunami ist zur Pfütze geworden.

Er setzte sich neben sie aufs Sofa und legte die Mappe zwischen sie. Der Duft frisch gemahlenen Kaffees mischte sich mit einer Note von Papier und Tinte.

– Das ist mehr als ein Cyber-Einsatzbericht, Anna – sagte er ernst und öffnete die Mappe. Er zog einen Dokumentenstapel mit dem roten Aufdruck „AL-KEIDAR: QUELLEN UND MOTIVATION" hervor. – Hier hast du den Schlüssel zum Verständnis.

Anna nahm die ersten Seiten. Es waren Scans alter Dokumente, Fotos, Analysen von Netzwerken. Ihr Blick wanderte über Namen, Daten, Summen ...

– Also war es kein Chaos um des Chaos willen.

Daniel nickte und wies mit dem Finger auf eine Textstelle:

– Aus internen Analysen ging hervor, dass der Cyberangriff nur die Spitze des Eisbergs war. An der Quelle der Desinformation, der Marktmanipulationen und der Sabotageversuche stand die Familie Al-Keidar – eine kleine, aber einflussreiche Finanzgruppe aus Tel Aviv, deren Mitglieder hohe Posten in israelischen Regierungs-, Bank- und Technologiekreisen bekleideten –, er stockte und sah ihr direkt in die Augen. – Aber das ist nicht die ganze Geschichte. Das ist erst der Anfang des Labyrinths.

Es war ein privates Spiel um Macht und Gewinn.

Einige Stunden nach der Veröffentlichung der Daten gab der israelische Inlandsgeheimdienst Schin Bet eine offizielle Erklärung heraus:

„Die für den Angriff verantwortlichen Elemente handel-

ten ohne Wissen und Zustimmung der israelischen Dienste. Wir arbeiten mit internationalen Partnern zusammen, um das volle Ausmaß der Aktivitäten festzustellen und die Bedrohung zu neutralisieren.
In den Archiven der Al-Keidars wurden unveröffentlichte Protokolle der Nürnberger Prozesse und Dokumente aus den 1940er-Jahren gefunden, die bestätigen, dass der Breitenberg-Fonds das Vermögen jüdischer Familien – darunter das der Al-Keidars – unter dem Vorwand der ‚treuhänderischen Verwaltung' an sich gebracht hat. Systematischer Betrug und Fälschungen ermöglichten ihnen, ein Imperium auf dem Vermögen von Holocaust-Opfern aufzubauen.
Die Aktivitäten der Al-Keidar-Fraktion waren nicht terroristisch im klassischen Sinne. Es handelte sich um eine Operation zur Rückgewinnung von Einfluss. Ihre Archive enthalten Hunderte Seiten Dokumente, Briefe und Protokolle der Nürnberger Prozesse, die als moralische Rechtfertigung für den Aufbau eines globalen Einflussnetzwerks dienten.
Das war Rache mit Vorsatz. Auf ihren Servern wurden detaillierte Pläne für die Währung ‚Tikkun' entdeckt – ein System, das den Dollar nach dessen Zerstörung ersetzen sollte."

Parallel dazu fiel in Europa eine Entscheidung, über die offiziell niemand sprechen sollte. Die Breitenbergs – bis vor Kurzem Götter des Schattens – unterschrieben eine Vereinbarung über prozessuale Zusammenarbeit.

Die Patriarchen des Fonds sagten vor FBI und Europol aus und übergaben vollständige Bücher, Server-Logs und private Korrespondenz, die direkt auf den Kern der Operation der Al-Keidars verwiesen. Dank ihnen fanden die Ermittler die erste Spur zum Herzen des Netzwerks – doch der Preis war hoch: Immunität in den USA und das Zeugenschutzprogramm in Europa. Einige Familienmitglieder wurden festgenommen – sie schweigen. Anwälte erstritten ihnen ein „vollständiges Aussageverweigerungsrecht" bis zum Abschluss der Audits. Der Rest der Al-Keidars ist untergetaucht und wird weiterhin gesucht.

Anna las den Bericht schweigend. Daniel blickte ihr über die Schulter.

– Sie glaubten wirklich, die Welt schulde ihnen etwas – sagte Daniel.

– Es ging nicht ums Geld. Für sie war der Dollar das Symbol eines Systems, das ihre Familie 1941 im Stich ließ. Sie wollten nicht Chaos um des Chaos willen. Sie wollten die Welt der Breitenbergs verbrennen. Aber das Feuer geriet außer Kontrolle ... und jetzt brennen alle.

– Wozu griffen sie GLO an? Was sollte das sein? – fragte Anna.

– Die endgültige Absicherung, damit sich die Geschichte nicht wiederholt. Sie wollten die Eigentümer der Währung sein.

— Fünf von ihnen sind geflohen. Man spricht von einem Privatjet nach Dubai, aber es gibt keine Bestätigung. Black

Bull versuchte, ihre Signale zu orten, aber sie sind gewieft - las Anna vor.

— Sie sind in den Schatten gegangen — murmelte Daniel.

Ein Jahr später

Genau ein Jahr war vergangen seit dem Tag, den die Medien als „Digitale Sonnenwende“ tauften. 365 Tage seit dem Moment, in dem GLO zur neuen, vorläufigen Währung geworden war.

Auf den Straßen von Berlin und Buenos Aires, in den Supermärkten von Nairobi und Seoul und sogar in Dorfschulen in Montana zahlten die Menschen mit GLO. Auf den ersten Blick funktionierte alles. Das System war schnell, transparent und logisch. Die Inflation ging in den Industrieländern zurück, und in den Volkswirtschaften des globalen Südens verzeichnete man erstmals seit Jahren ein reales Wachstum.

Aber perfekt war es nicht.

Viele sehnten sich noch immer nach dem Dollar, manche verwahrten alte Banknoten zu Hause wie Reliquien. In Asien kursierten neue Fälschungen - illegal „gedruckte“ GLO, obwohl es ausschließlich digital sein sollte. Konzerne, die den neuen Ordnungsrahmen offiziell unterstützten, testeten im Stillen ihre eigenen Kreditsysteme.

Und Anna?

Anna hatte sich vom Zentrum entfernt. Ihr Name prangte zwar noch immer auf den Konferenztäfelchen von GLO, doch sie trat nicht mehr öffentlich auf, hatte genug davon, Interviews zu geben und Fragen zu beantworten, auf die sie selbst nicht immer eine Antwort kannte. Sie arbeitete im Schatten. Manchmal antwortete sie auf verschlüsselte Nachrichten, die mit einem Buchstaben begannen: „D.“. Daniel hatte nie aufgehört zu suchen.

Auch Black Bull war nicht verschwunden. Niemand hatte ihn seit Langem gesehen, doch einmal im Monat erreichte Anna ein Datenpaket – scheinbar zufällige Logs, gescannte Ports, verschlüsselte IP-Hashes. Codierte Spuren. Die Botschaft war klar: Sie sind noch da. Bislang wusste Anna nicht, warum er das tat, aber seine Schritte waren äußerst hilfreich. Manchmal dachte sie, es sei sein Weg der Wiedergutmachung ... oder einfach sein Hobby.

Die Familie Al-Keidar? Offiziell – existierte sie nicht. Vier Mitglieder waren von den israelischen Diensten festgesetzt worden. Drei waren verschwunden. Ihre Vermögenswerte – Milliarden Dollar in Kryptowährungen – blieben eingefroren, doch niemand konnte alle Konten benennen. Die Ermittlungen enthüllten, dass die Al-Keidars allen stets einen Schritt voraus gewesen waren. Ihr wahres Vermögen – diversifiziert in Gold, Diamanten und Immobilien weltweit – war sorgfältig hinter einem Netz kleiner Firmen verborgen.

GLO stabilisierte den Welthandel, schuf neue Austauschmechanismen, doch es war nicht in der Lage, menschliches Leid rückgängig zu machen oder verlorene Ersparnisse zurückzugeben. Die Welt spaltete sich schmerzhaft – in jene, die die Mechanismen der neuen Ökonomie verstanden, und jene, die mit leeren Händen dastanden.

Am besten kamen jene zurecht, die rechtzeitig begriffen hatten, dass der wahre Wert in physischen Gütern lag. Verschuldete erkannten plötzlich, dass sie ihre Verpflichtungen mit symbolischen Beträgen tilgen konnten. Banken, die ein völliges Zusammenbrechen des Finanzsystems vermeiden wollten, wurden gezwungen, neue Regeln zu akzeptieren. Sämtliche Schulden wurden zum offiziellen Kurs in GLO umgerechnet – ein Kurs, der sich als unglaublich vorteilhaft für Kreditnehmer erwies. Eine Immobilie, für die man noch vor einem Jahr dem Gegenwert von dreihunderttausend GLO hinterherlaufen musste, war heute nur rund fünfzigtausend wert. Die Banken, vom Gespenst des Totalverlusts ihrer Forderungen verfolgt, stimmten lieber Teilnachlässen zu, als das Risiko vollständiger Zahlungsunfähigkeit einzugehen.

Diejenigen, die virtuelles Vermögen rechtzeitig in Land, Fabriken und Goldbarren im Tresor umgewandelt hatten, atmeten am schnellsten auf. Die ersten Gewinner der neuen Ära waren die Alchemisten, die kurz vor dem Crash Bitcoins in dauerhafte Immobilien und Rohstoffe getauscht hatten. Ihre Voraussicht erwies sich als sicherste Strategie; sie schützte das Vermögen sofort – doch langsam, im Takt von Monaten, wachte auch der digitale Markt wieder auf. Bitcoin und andere große Kryptowährungen, die das erste Chaos überlebten, begannen zuzulegen. Das geschah in dem Moment, als Privatanleger – und später auch Institutionen – eine einfache, mathematische Wahrheit begriffen: Physisches Gold reicht schlicht nicht für alle. Seine Vorkommen sind begrenzt, und die globale Distribution – träge. Bitcoin, mit seinem starr limitierten Angebot von 21 Millionen, weltweiter Verfügbarkeit und Inflationsresistenz, erwies sich als ideales digitales Substitut von Knappheit. Er war nicht mehr bloß Spekulationswerkzeug; für viele wurde er zum „digitalen Gold" – ein Asset, das sich in Sekunden über den Ozean senden, auf einem USB-Stick aufbewahren ließ und keiner Zentralbank und keinem GLO-System unterstand. Wer den Kataklysmus überstanden hatte, ohne in Panik seine Wallets zu leeren, verzeichnete jetzt enorme Gewinne.

Traditionelle Börsen und ETFs, die einst den Takt der Weltwirtschaft vorgaben, erholten sich nicht – jedenfalls nicht in ihrer alten Form. Indizes des vergangenen Ordnungsrahmens wie S&P 500 oder DAX hörten zusammen mit den Unternehmen auf zu existieren, die sie ausmachten. Hunderte Konzerne gingen in die Insolvenz, und der Wert der Überlebenden wurde vollständig zurückgesetzt und in GLO neu bewertet. Es entstand jedoch ein neuer Markt – die „Börse des Wiederaufbaus". Notiert wurden dort weniger Aktien als vielmehr Anteile an neuen globalen Infrastruktur- und Rohstoffprojekten, finanziert durch GLO-Fonds: Lithiumminen in Australien, vertikale Farmen in Skandinavien, der Wiederaufbau der Energienetze in Nordamerika. Es war ein Markt für Eingeweihte, stabil, aber ohne den Taumel des alten Wall Street. Investieren war nicht mehr ein Spiel; es wurde zur gesellschaftlichen Obligation zugunsten des Wiederaufbaus, mit berechenbaren, doch begrenzten Renditen. Das wirklich spekulative Kapital floss in Kryptowährungen – der einzige Ort für jene, die weiterhin hohes Risiko und hohe Erträge suchten.

Gewöhnliche Menschen mit Sparkonten, die den traditionellen Instrumenten vertraut hatten, Rentner, die auf Bankeinlagen setzten – sie mussten von vorn beginnen. Ihr Vertrauen in das System wurde „belohnt" – aber nicht in der Währung, die sie erwartet hatten. Lebensersparnisse wurden in eine symbolische Menge GLO umgewandelt, ausreichend für wenige Monate bescheidenen Lebens.

Die Welt lernte eines: Wenn Währung nicht mehr nur Tauschmittel ist, sondern Machtinstrument – wird alles Gewisse provisorisch.

Anna stand auf der Terrasse über dem Genfersee, einen Becher Tee in der Hand. Sie blickte aufs Wasser, als wollte sie dort Antworten lesen. Doch es gab keine.

Hinter ihr, im Wohnzimmer, lief der Fernseher leise mit Nachrichten. Die Stimme des Sprechers war gedämpft, doch die Worte klangen vertraut: „...*in Den Haag sagen ehemalige Verwalter des Breitenberg-Fonds im Rahmen eines Kooperationsabkommens mit der internationalen Staatsanwaltschaft aus. Quellen berichten von der Offenlegung schockierender Details der Operation ‚Tikkun'. Unterdessen verweigern die festgesetzten Angehörigen der Familie Al-Keidar weiterhin die Aussage unter Berufung auf ihr*

Schweigerecht. Ihre Anwälte kündigen an …“ Anna drehte sich nicht um. Sie wusste, dass der Prozess Jahre dauern würde.

Sie lächelte leicht und dachte an Claire. Ihre Zusammenarbeit während der Krise war zu einer unerwarteten Freundschaft geworden. Claire wollte in zwei Tagen kommen. Eine Woche wollten sie an diesem ruhigen Ort verbringen, weit weg von Analysen und Konferenzsälen. Anna stellte sich ihre Gespräche bei Bergwanderungen vor.

Über dem See senkte sich die Dämmerung. Die Dunkelheit war nicht mehr so absolut wie vor einem Jahr. Irgendwo dort, im komplizierten Code von Gaia, in der ersten Zahlung für Brot in Mombasa, im grünen Leuchten eines Terminals im wiederaufgebauten Rotterdam, pochte ein neues System. Zerbrechlich, vorläufig, unterlegt mit Angst und Misstrauen … aber funktionierend. Nicht überall jedoch brach das Licht der Zukunft durch die Finsternis. Russland – das den GLO-Pakt abgelehnt und versucht hatte, einen alternativen Währungsblock zu errichten – stürzte in eine immer tiefere Krise. Offizielle Zahlen sprachen von Selbstversorgung, doch Bilder aus Sibirien und den Grenzregionen widerlegten die Propaganda. Leere Regale. Schlangen für Brot. Geschlossene Apotheken. Die Regierung tauschte verzweifelt Öl und Kohle gegen Lebensmittel aus Indien und Iran, doch es reichte nicht. Während die Welt sich mit GLOs digitalem Herzen verband, rang Russland ums Überleben – analog, brutal, im Schweigen der Medien.

Der Krieg war abgewendet, der Albtraum in eine neue, stabilere Phase übergegangen. Und hier, am Genfersee, in Erwartung der Freundin, fand Anna einen Moment der Ruhe – eine kleine, persönliche Festung in einer noch immer stürmischen Welt, die sie mit aufgebaut hatte. Sie betrachtete die glatte Wasseroberfläche und dachte, dass auch das neue System so funktioniere – an der Oberfläche schien alles vollkommen glatt, doch tief darunter lagen alte Ordnungen, unsichtbar fürs bloße Auge, aber weiterhin vorhanden, bereit, im ungünstigsten Moment wieder aufzutauchen.

***

Zur selben Zeit beobachteten in einem netzabgeschotteten Apartment mit Blick auf die Frankfurter Skyline zwei Männer ein aus großer Distanz aufgenommenes Foto. Anna stand auf der Terrasse, den Becher in der Hand.

– Sie wirkt ruhig – murmelte der Jüngere und schob das Tablet beiseite.

– Sie denkt, es ist vorbei.

Der ältere Mann mit kalten Augen starrte weiter auf das Bild.

– Sie irrt sich. Sie hat uns gerade die schwerste Arbeit abgenommen. Sie hat uns das System gegeben. Die Leute lieben es, sie vertrauen ihm. Das ist besser als alles, was wir geplant hatten.

– Ein System ist nur ein Werkzeug. Wahre Macht braucht ein neues Recht. Einen neuen Glauben. Man wird alles neu schreiben müssen. Bibel, Koran, Gesetzbücher ... für die neue Ordnung.

– Zuerst das Fundament. Dann das Dogma – erwiderte der Ältere leise. – Und am Ende ... die Körperlichkeit. Implantate. Im Namen der Gesundheit, versteht sich. Sie werden Schlange stehen, nur um sich selbst überwachen zu dürfen. Sie werden zu einem neuen Gott beten, den sie sich selbst unter die Haut installieren.

Der Jüngere lächelte ohne jede Freude.

– Und sie werden nicht einmal merken, wann sie aufhören zu lesen – und nur noch Updates empfangen.

Das Gespräch verstummte. Die neue Welt war nicht im Anmarsch. Sie war längst da. Und wartete nur auf ihre endgültige Offenbarung.

Printed in Germany
by Amazon Distribution
GmbH, Erfurt

12102905R00127